U0689177

樱桃树下爱与弗

浙江出版联合集团
浙江文艺出版社

樱桃树下，初夏时分落着熟透了的樱桃，那十全十美的气氛里，也禁不住哀伤的感觉。其实在南德的灿烂蓝天下，爱与书的哀伤总是如影相随。

《我的旅行方式》

没有自己旅行的方式，即使走遍世界，也好似从未曾见到过它。

《捕梦之乡》

从地理上解读两大奇书《尤利西斯》和《哈扎尔辞典》。带着《尤利西斯》在都柏林城漫游二十四小时，追寻四处藏着，又无所不在的犹太人布鲁姆。跟随另一个犹太人优素福从梦乡去以弗所、塞尔柱古城、君士坦丁堡，沿着这些神秘的古城一路向北，直到塞尔维亚多瑙河畔的古老要塞和战场，带着《哈扎尔辞典》去寻找历史与虚构之间的捕梦之乡。

《咖啡苦不苦》

旅行中用来遮风避雨排解孤独的咖啡馆，其实也是人生散发着清冽苦味的教室。一杯甜若爱情、苦若生命、黑若死亡的热咖啡里，其实盛着人生。

《令人着迷的岛屿》

从没有一张旅游签证的国民，到世界最大量的海外游客，中国人用了十五年。2010年，爱尔兰旅游局根据此书路线专设中国游客文化旅行路线，爱尔兰总统麦卡利斯及丈夫马丁亲临新书发布会，并做专题演讲。中国旅行者从『会走路的钱包』，到拥有特设文化旅行路线，这是新的开始。

《北纬78°》

见证神迹的极地旅行，寻找到造物主留下的指纹，让人能回归成自然之子，安然接受自然的抚慰与秩序。

《与爱人去俄罗斯》

作者夫妇在俄罗斯旅途中，各自记录下自己的所见所闻与所感所思，这两本日记本，在从莫斯科到北京的火车上放在一起时，才发现他们记录的竟是不同的世界。

《往事住的房间》

推开时间的房门，就能遇见早已堕入虚无中的往事正安然住在房间里。人们为了这样的心愿，在世界各地建立了博物馆，纪念不能忘怀的过去。

《走呀！》

十五年间，从大手拉小手到携手并肩，作者与她的孩子在旅行中见证了彼此的成长。一本旅行笔记渐渐成形，最终成为作者送给孩子的成年礼物，在孩子的大学毕业典礼上送达。

这些书都关于旅行，却不是游记

——陈丹燕的旅行文学世界

一 先要观世界，方有世界观

《我的旅行哲学》

一个人去旅行，走上漫漫异乡路，是为了用脚丈量出属于自己的世界。

二 文学是描述旅行的墨水

《第二日》

旅行短篇小说集，关于一个男人和一个梅在旅途中的交集。本与李平正在路上，内心世界与外部世界终于相遇交错，各自留在照相机里的照片，当然也是故事的一部分。

三 人生在世，一定要去看世界

《樱桃树下爱与弗》

二十世纪八九十年代的中国，去西方自由旅行的梦想正在一代青年心中艰难绽放，那些满怀梦想的身影奋不顾身地奔跑在路上。作者记录下了中国青年海外旅行史的第一章。

《今晚去哪里》

在一次次旅行中，时间在一张张借宿的单人床上错落。如果你有耐心，并坚持，终究能看到时光在空间里画出完美的人生曲线。

《陈丹燕旅行语录》

布拉格
巴黎
慕尼黑
苏黎世
卢塞恩
威尼斯
罗马

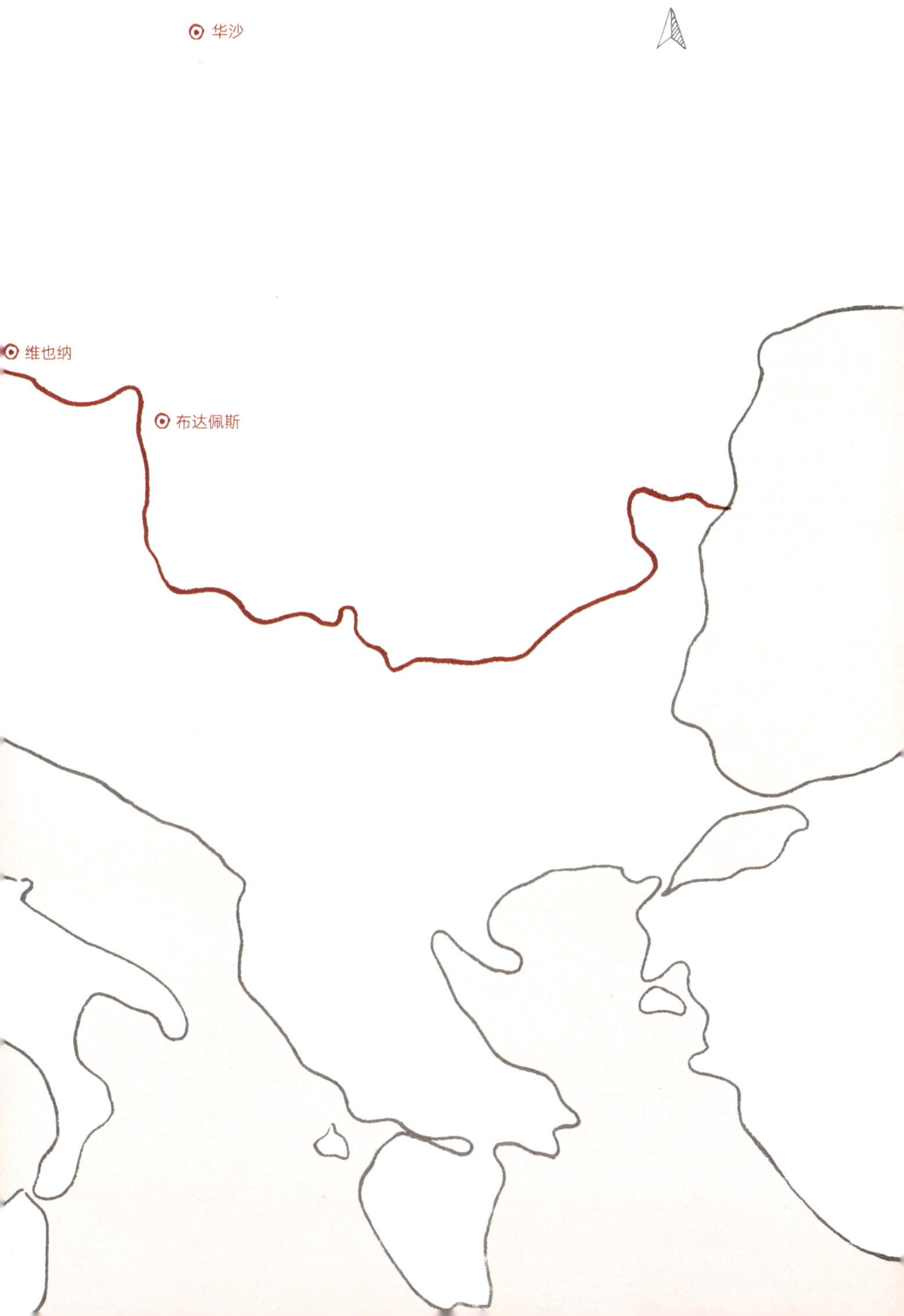
N
华沙
维也纳
布达佩斯

目录

第一章 扣眼里别上一枝栀子花

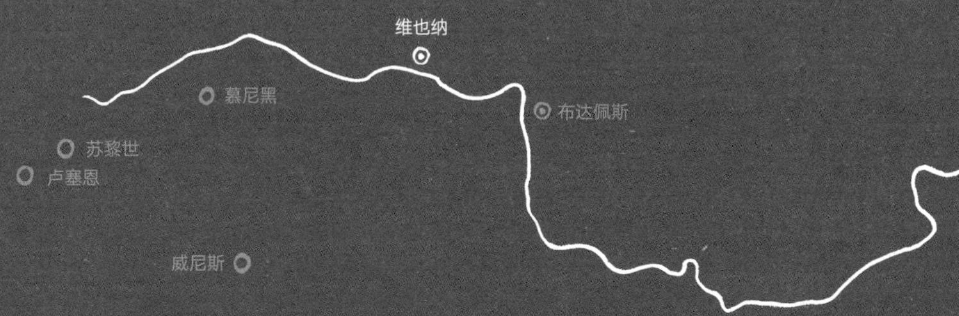

图 1

金箔中哈布斯堡王朝末年的维也纳女子，

克里姆特笔下的维也纳气质。

图2
维也纳卡尔斯广场地铁站。

图 3

维也纳分离派博物馆，维也纳艺术家在此宣称：

艺术是自由的，艺术是时尚的。

图 4

弗兰茨皇帝与茜茜公主的宫殿——美泉宫。皇帝和皇后，

两个倾心相爱的人，却在无法交流的痛苦中各自度过一生。

图5
维也纳的巴洛克宫殿与其他宫殿一样成为国立博物馆。

图 6

哈布斯堡皇宫大门，如今哈布斯堡王朝的余韵仍顽强地

逗留在马车路过皇宫高大门洞里响亮的辘辘声里。

盛装的马车夫雪白的硬领在门洞里泛出白色。

图7
皇宫大门外的皇家戴曼点心店。

图8

维也纳克里姆特画室，画出金箔中女子之处。

图9
描写维也纳小资产阶级都市生活的小说家茨威格的住宅。

图 10

在维也纳金环路上的施特劳斯演奏过小提琴的咖啡馆，

他在此为客人演奏《蓝色的多瑙河圆舞曲》。

图 11

维也纳中央咖啡馆里著名的甜品。

图 12
咖啡馆和咖啡馆里的维也纳式气氛
是维也纳必不可少的城市风貌。

图 13
美泉宫外的天主教小教堂，
人们世世代代在这里举行婚礼。

图 14
维也纳公墓宛如音乐家名人堂：贝多芬、勃拉姆斯、莫扎特、舒伯特
都安息在此，他们是维也纳的永久居民。

灰绿

在柏林哈克什市场的一家旧书店里，我从图画书的架子上抽出一本图画书，偶尔的。

灰绿色调子的封面，现实主义风格的功底深厚的画风，画着我熟悉的灰绿色的大街，石头墙面的大房子，有一只心事重重的兔子，以自持而不刚毅的姿势在房子前走过。它微微垂着头，以致耳朵都向前耷拉下来了，它的体面里有点黯然与紧张，因为命运让它勉为其难。它拖着长长的影子，走着，并不回避自己的责任，但并不热衷。它的样子，它身上的衣服，让我想起弗兰茨·约瑟夫一世皇帝。为了安抚拿破仑，他曾不得不将自己的女儿嫁给拿破仑。他也穿着镶墨绿呢领子的上衣。

是的，这本图画书让我想起了维也纳。温文尔雅的感伤无所不在的地方，它脆弱而自重。第九区的古老街道上，整街整街，都静静立着那样的大房子，人经过它的身边，显得软弱和敏感，像身材矮小的孤儿。维也纳是个不光有温文尔雅的感伤，而且也时时把玩这种感伤的絮絮叨叨的城市，非常布尔乔亚。

每次去维也纳，那里总下雨。

雨水一条条地，从咖啡馆露天座翻起的椅背上滴落下来。下午时分，咖啡馆里常有乐队演奏室内乐和一些多年以前的小曲，说是小曲，也都是舒伯特式的。矮个子，深色头发，讲究礼仪的男人们尽心尽力地演奏着，但他们脸上有明显的不快和紧张——提琴因为雨天潮湿的空气，音色不怎么对头——以及吃惊，他们一边继续演奏，一边不相信自己竟然能容忍自己这样演奏下去。我打着伞，从沿街边的窗外看进去，他们的脸常让我以为里面发生了什么意外。从前施特劳斯也常在环路上的咖啡馆里拉小提琴，至今在席德林咖啡馆里还保留着他拉琴的蜡像，他也是个小个子男人，深色头发，他的姿态里，有种老维也纳式的恣意和陶醉。

现在咖啡馆里的人不再像从前那么挑剔音乐了，或许也多年没有父辈的好福气，花一杯咖啡的钱，就能欣赏到施特劳斯的琴艺。现在咖啡馆里的人，在音乐声中，蜷缩在磨得光秃秃的丝绒扶手椅里。墙上嵌在描金的枝蔓与贝壳中的镜子，已经天长地久地发了黄。大理石的咖啡桌面上，有被年复一年的新杯子底磨出的细纹。斜斜地贴着桌面望过去，那上面静静蛰伏着成千上万的划痕。从欧洲最好咖啡的精益求精，到战争时期代用品的粗劣，杯中物已经早早化为某人在某年某月加快的心跳，但杯底的划痕仍旧留着。如今咖啡馆里的人，默默地读书，或者发呆，在音乐中不动声色，他们与旧桌椅和发闷的旧音乐浑然一体，但个个都不再有当年在咖啡馆里结党的意气。

下雨的时候，不光是琴的声音发闷，咖啡的香气也有些发闷，甚至连牛奶都不如从前的香浓与活泼。将它注进咖啡里，它便重重跌到杯底，然后才一卷卷慢腾腾地潜上来，如同乌云翻滚。人人都吩咐服务生说："请来烫一点的。"这咖啡就是将上颚烫起了皮，也还是不如回忆录里的好喝。甚至也不如美国中西部旅馆里提供的速溶咖啡包，那咖啡包简陋无趣，倒有可能给你"居然也是咖啡"的惊喜。下雨天，真是不能在维也纳的老咖啡馆里无所事事。无所事事地望着窗外，音乐掠过耳朵，心情总是越来越黯淡下去，一脚踏空的感觉像没消化的牛排一样顶着。然后，未放下的心事，一件一件地被想起来，日本人的飞机炸了东方图书馆，东方图书馆和商务印书馆的大火烧了整整一天，张元济站在自家在上海市区的院子里，看着远远的浓烟，东风将灰烬吹到市区，雪一样地落下，他心里最知道，那些灰烬，不是图书馆里小心保存着的中国珍本、孤本书，就是印刷厂里存着的几十令纸张，他的一家一当，变成漫天飞舞的纸灰。忘了是谁的回忆录里写，张元济就在自家的院子里站了一天，什么也没说。连我结婚前捧着一束花走在路上，被迎面而来的女人撞掉的事都想了起来，白色的雏菊散落在被冬天雨水打湿的地上，花瓣都脏了。"咦！"我这样惊叫。这么多年，这件事还一直不敢告诉我妈妈，怕她为此心烦。如今想起来这千里万里之外，多年以前的事，心中还是忿忿的，还是不肯释怀。

在环路上的歌剧院，方方正正的，淡黄色的房子，已被雨水淋湿了，像一个被忘记投递的包裹。傍晚剧院开演前，衣冠楚楚的人们在马路上急急地左奔右突，像兔子一样跳着，为了躲避自己脚上的漆皮鞋踩到路上的水洼。穿燕尾服的男人跳起时，带动了身后那两片烫得平平整整的黑色礼服。大多数人还是穿传统的礼服去歌剧院，孩子们也是这样，我看到茨威格在一次世界大战以后写的小说里曾描写过的黑色天鹅绒上衣，此刻还服帖地穿在一个少年的身上。他反而不跑，只是急急跟在父母身后走。他的头发向两边分开，梳得一丝不苟，带着一股子旧日上流社会子弟身上的规矩和乏味。

从停车场到歌剧院入口处的短短几个街口，歌剧开演前，三三两两都是这样富有戏剧性的黑衣人。

那些匆匆经过的黑衣人，很快就不见了，就像旧维也纳的幻影。街道再次寂寥下去，于是现代欧洲街道的那种钢铁般的精确，从雨中再次浮现出来。

从玻璃门外望去，那些珠光宝气的人云集在歌剧院的巴洛克门厅里，他们无声地笑着，彬彬有礼地点头，行接吻礼，一路缓缓地向那富丽堂皇的建筑深处退去。歌剧院的门厅几乎整天都是灯火通明的，因为一天里有五次参观歌剧院的节目，专门接待旅游者。但是没有一刻，像现在这样璀璨。女人身上的珠宝，男人身上的一丝不苟的黑礼服使这里好像突然苏醒过来似的，焕发出巴洛克建筑那种暖融融的洋洋得意，毫无节制的奢华，那曾经是在旧时代的油画里看到的情形，当巴洛克还活着，风头正健，人、口味、建筑、生活方式都相得益彰，像一盘七巧板一样分毫不差。那时老皇帝还活着，天下太平，巴洛克的趣味深入到维也纳的每一处。

歌剧院门厅里的人渐渐消失在红色天鹅绒面子的剧场大门后。成百上千片闪烁的水晶吊灯，不动声色地照耀着它渐渐变空的过程。然后，他们完全消失了。因为雨水而留在地面上杂乱的鞋印也被清洁工很快、很细心地擦去了。

一个迟到的女人，拉起她紧贴在身上的蓝色礼服的裙摆，迈着细碎而急促的步子，向蒙着猩红色天鹅绒的、正在合上的剧场大门奔去。她手腕上古老的粗大金链发出清脆的叮当声，那上面吊着八角形或者圆形的家族徽章，高跟鞋的鞋跟急促地敲击着19世纪的大理石地面，那声音如同从山上一路滚入深渊的石块所发出来的，然后，像鸟一样猝然消失。要是跟她进了大厅，能看到，那里金碧辉煌的雕像和廊柱后，是一片雍容的灰绿色。那里无所不在的金色——奥地利人内心真正的颜色——将灰绿色里的惆怅调和成文雅的炫耀和精致的享乐，让你可以忘记哈布斯堡王朝腐烂时的不堪，以及从此以后每况愈下的耻辱。

旧皇宫的各个大小广场上，有哈布斯堡王朝的历代皇帝、亲王与皇后们的青铜塑像，他们湿漉漉的，身上脸上，一条条挂着浅绿色的水渍。

兔子的故事显然是影射哈布斯堡王朝的。兔子的家族岌岌可危，小兔子先生为了拯救家族，不得不到德国去寻找可以结婚的家族，一个更强的家族，通过联姻来保住家族的地位。从特丽莎女王开始，这个强大的王朝放弃了战争，转而用结儿女亲家的手段来巩固王国，化解纷争，扩大领土。她使得靠战争打江山的帝国成为精于音乐、巧克力蛋糕、葡萄酒，用珠宝镶嵌马车，连厨娘都为皇家剧院的女演员去世而失魂落魄的温柔乡。当你要进攻我的时候，我将自己的女儿嫁给你，宛如在你已经端平了枪瞄准的时候，在你枪口上插入一朵玫瑰花。

几百年来，全奥地利人都认同“宁可要中庸的和平，也不要辉煌的战争”这样的处世态度，终于使奥地利人有了与德国人不同的气质，奥地利人几百年来在太平世界里养成的世故、精巧、脆弱、敏感、注重内心世界、讲究体面和自尊，终于使他们不会被素来有大志向的德国人混淆起来，大志向常常是很影响享受的，所以他们将大志向从自己的生活里清除出去了。

从此，他们将毕生所有的力气都用在享受上。城里无数的戏院，维也纳森林边上无数的巴洛克宫殿，多瑙河流域的修道院个个都能拿出自己酿制的特色葡萄酒，学音乐的年轻人不计其数，小市民的心理问题成就了人类心理学上最重要的突破，不起眼的小咖啡馆里放着的桌椅，都是青年风格的大师杰作。第二次世界大战以后，奥地利被四国瓜分，奥地利外交部部长用了十年时间在美泉宫陪占领者喝上好的葡萄酒，奉上全维也纳最美的宫殿，他教会占领者们过奥地利最奢华的生活，从而为奥地利赢得了独立。这世界上，谁都不如奥地利人那样懂得美好生活的重要。

这个王朝腐烂时，最特别的情形，就是国家已经充满陈腐之气，危机四伏，但奥地利特有的文学和艺术，却在那时喷薄而出，维也纳人都陶醉在精神的享受中，从咖啡馆溢出的“不看世界的世界观”风行一时。

歌剧院里每个观众都有比别国的职业音乐家还要敏感的耳朵，维也纳每家咖啡馆，虽然烟雾腾腾的，但都是一座充满了思想和观念的大学，和对潜意识下的内心世界的探索，到处都是文学艺术要与传统决裂，破土而出的蓬勃生机。上中学的男孩子们，以炫耀自己对新流派和新思想的熟悉为荣。整个社会亦步亦趋地跟着皇家剧院的女演员和男演员在戏里的举止，学习做合乎宫廷礼仪的高雅市民，要是自己的高雅让旁人认为自己是上流社会的一员，那简直令人喜出望外。来自多瑙河流域的邮局小姐，为了过上体面的好日子，不惜毁灭自己。茨威格的这个故事，直说得读者都不得不同情她。在咖啡馆里看报纸的人们，总是跳过头版的时政新闻，先看娱乐版上的新消息，新戏上演，是全维也纳最大的事。头牌女演员的死，比引发了第一次世界大战的费迪南皇储被暗杀的消息更撼动人心。维也纳四百年来，已经成了一个歌舞升平的地方，人人都不相信，除了千方百计将日子过得精益求精、津津有味以外，还有什么别的事要操心。

地球上，哪里能容得下这样的地方，这样的人，这样奢侈的生活态度呢。所以，第一次世界大战，奥匈帝国成了分割后小小的一块德语区，像个断手断脚的残废人。第二次世界大战以后，差点连国都亡了。埃贡·席勒画的小人，个个都睁着身心饥饿的眼睛。奥地利的历史，简直像一出在歌剧院上演的戏。

我在弗洛伊德从前常去的烟铺前，叫住一个矮个子的男人，他穿着米色的风雨衣，围着浅咖啡条子的羊毛围巾。他庄重地拿着一把伞，好像拿着一根名贵手杖。他看上去是个温和的维也纳男人。我问他去煤市怎么走。他看看我手里的地图，微微一笑，说："您这是要去戴曼点心铺吧。"

"是啊，下午，去吃点心。"我说。

他歪歪头，表现出羡慕的样子，说："啊，这会儿正是时候。"

他直接指给我看去戴曼点心店的路，特别指出："您能看到它的店幌子上有两个K，那是皇家点心铺的意思，比哈萨的蛋糕铺高级。"

"哪一种点心最好吃，按您的口味？"我问。

"很难选择。很难。这和您什么时候吃，怎么吃，和谁在一起吃，都有关系。"他说。

告别的时候，他祝我好好享受这个下午。

戴曼点心店的底楼，四周都是镜子和贝壳饰纹，浅浅的灰绿色被金色的巴洛克装饰线精巧地压着。窗外雨中湿漉漉的街道衬托着店堂里的温暖、干爽。烘焙着的面团发出新鲜的麦香，奶油和糖霜的气味，融化了的巧克力黏糊糊、强烈的可可气味，没有加牛奶的咖啡清冽、尖锐的芳香，还有用糖腌了的各色水果烘焙时散发的酸甜，在这样的气味里，遥远童年时代对甜品的渴望全部都在舌头上苏醒过来。

人们舒服、满足地带着小小的饥渴，在大理石的小圆桌前坐着，将自己干净的手放在桌面上。小时候，大多数人都是这样将手平放在桌面上，等待甜点心被端上来。小圆桌前坐满了这样的人。靠我椅子的一桌人说着法语。长桌上的人，看上去像是中学同学聚会，都是一样年龄的老先生们，彼此的态度却是少年人那样的亲昵，而且喧哗。有人在桌上，像我一样放着揉皱了的自助旅行书，那一定是冲着那两个K而来的游客，东张西望的，在椅子上拧动身体。还有穿着体面的女人，带着孩子来这里，他们当然是一家人，大人孩子都穿得这样庄重，应该是在庆祝什么纪念日。他们让我想起维也纳小说里的描写：交际花每年在自己心爱的人生日之际，都带着自己和他的私生子来这里吃点心，然后去歌剧院看戏。她用这样的方式来纪念自己的爱情。那是《一个陌生女人的来信》里的故事。

我偷偷打量他们，好像他们是从1920年茨威格的小说掉出来的。窗外斜雨霏霏，迷蒙一片。他们穿着烫得平平整整的衣服，母慈子孝的样子，一切都合乎旧时代的礼节。那母子俩轻声交谈着，好像母亲在告诉孩子不同点心的不同口味，以便孩子选择。那母亲的头发有些发红，那是犹太血统的标志吗？故事里的女人是个犹太女人，但那是在大战前，维也纳的犹太人，大多早已在战时死在波兰的集中营里了。

戴了雪白扇形小帽的女侍者，从陈列着上百种传统皇家甜点心的柜台上拿来我点的苹果馅饼。将柔软的、新鲜的点心放在舌头上，用上颌顶着，小心翼翼地移动舌头，慢慢碾碎它，它融化开来，温暖的香味在口腔里向鼻腔升上去。

那天，是布什开打阿富汗的后一天，电视新闻里一次次地播着炸弹在夜幕里闪闪发光地爆炸的情形，对大多数人来说，这是第二次世界大战以后最逼到眼前的战争。但在点心奇妙的香味里，战争仍旧显得那么荒唐，让人对它集中不起心思。吃点心，配英国茶，或者不加奶的咖啡，嘴里才会保留清冽，保留对味道的敏感。我那时这样想。当时，战争是否会导致整个穆斯林世界与基督教世界的全面战争，大家心里都在嘀咕，但是坐在香喷喷的点心铺里，我的心情就是紧张和忧虑不起来。过了六十年，我的心情与茨威格在回忆录里写到的两次世界大战爆发时维也纳人的心情并没有太大的不同。

维也纳就是经历了那么多，还是缠绵于享受中。它像一块巨大的沼泽地，只要你走进去，就会陷进去。

我知道我有点想维也纳，所以我买下那本有太多德文，我几乎看不懂的图画书。柏林秋天的下午，天早早就要黑，满城灰色。而维也纳即使下雨，也是灰绿色的，它那样柔和。在柏林想维也纳，那真是极自然的事，也是极放任自己的事。柏林硬，维也纳软。柏林严肃，维也纳妖娆。柏林激励你上进，而且给你机会，维也纳鼓励你细腻，怎么细腻也不过分。在柏林你不得不让你的意识很合乎逻辑，尽可能理性，做一个有秩序感的人。在维也纳你可以无穷无尽地翻检你的潜意识，将一切乖张的行为统统推给它，自己则可以体面地全身而退。在柏林得做个一板一眼负责的人，但在维也纳，脆弱和崩溃本身就是正当的理由，有了弗洛伊德和他的病人们，茨威格和他小说里的女人们，克里姆特、瓦格纳和他们那些阴郁、充满情欲的金色曲线，千奇百怪的隐衷都可以得到宽恕。

金色

我猜，维也纳是我身处过的，最让我想得到情欲的城市。

在汉堡，有一次我和大嫂晚上误入了风月场。市场一样大的房子里，沿着墙有一圈高台，妓女们站在上面，穿得很少，几乎就没有穿什么。男人们逆着时针在高台前转，他们有时停下来，和台上的女人说几句话，有时让那女人转过身去，看看她的侧面，或者背。那些女人通常都顺从地转过身去，但从肩上转过头来，看着那提要求的男人笑。那灯火通明的大棚里有种奇怪的气氛，像圣诞节市场那样的临时的、过时不候的气氛；像牲口市场那样一定挑个又结实又合算的，农场主式的精明的气氛；我和大嫂站在入口处，一路望过去，看见了比我们俩一辈子看到的都多的女人的乳房、大腿、被黑色蕾丝勉强遮盖的各种臀部。但是，那只让人想到皮肉，而不是性，甚至也不是色情。这有意思吗？我一直怀疑，这些男人和女人真奇怪啊，绝对是大锅饭口味。

维也纳却不同。有一个早晨，我搭轻轨火车到维也纳大学去，进了老城以后，火车高高地在轨道上行进，我看到街边的楼房上闪闪发光的金色饰纹，那些曲线不像巴洛克的曲线那样舒展，好像有什么东西限制了它的舒展和漫卷，像这城中无数巴洛克的金色藤蔓那样，它们笔直地伸着，直到末端才卷成一个涡旋。它让我想起《吻》里面，被吻的那个女人在情人怀抱里笔直竖起的身体，痉挛般弯着的小腿和胳膊，现在我懂得那样僵直的身体，是因为激情喷薄而出时巨大的能量。那女人的手指和脚掌，都勾着，使出了浑身的力气，即使是被人吻，全身只有被别人的嘴唇紧紧吸住的那一小片皮肤有感觉，被拉起的感觉，也需要用这样大的力气。原来在热恋的时候，约会以后，常常会浑身酸痛，好像要感冒似的乏力，必须要好好睡一觉，是因为身体那样猛烈地僵直过。

分离派的建筑师们19世纪留在维也纳大街小巷建筑上的金色曲线，让我想起童贞时代排山倒海般的性的冲动。青年维也纳式样的曲线像吻一样到处留下痕迹，像潮湿的吻干在皮肤上，那一小块皮肤便微微发紧。列车经过的城区里，这儿一栋，那儿又是一栋，栗子树的浓荫里，由僵直的金色直线和尾端那春光乍泄的旖旎涡旋构成的大门，在早晨的阴霾里妖光烨烨。那些充满感情的图案，让我想起那时一个又一个充满情欲的，因为害羞和羞愧而无声无息的吻。那种痉挛般的，像孩童时代硬憋着小便时的紧张，是害怕和期待着性，它如牛奶锅里的牛奶，翻出一串又一串气泡，眼看就要失去平静。眼看就要冲破自己童贞的平静生活，为自己的害怕与期待自惭形秽，那是心里永远存在的对于性的犯罪感，那一满锅喷香的牛奶，一旦开锅，一定一塌糊涂。这种会弄得一塌糊涂的害怕，限制了对性无所顾忌的享受。它曾让我将身体竖成一根铅笔，身体里面是最软的铅芯，哪怕重一点放在桌上，也会碎成一段段的。我记起了那些痉挛，手和脚，这些离嘴唇最远的地方都暗暗使着劲。弗洛伊德说，小孩子是在憋小便时感受到的痉挛里，认识到性的快感。记得我在上大学时读到这段话时，在人头济济的阅览室里大吃一惊。如今回忆起来，可不真是一样的。

在车厢里，我希望自己能再次体会到那样充满了情欲的吻。我相信，爱上一个不同的人，感受会是全新的，就像第一次恋爱一样。处女的感觉会再次被唤醒，它并没有因为性的经验而失去，它只是藏起来了，藏在某处，久久地等着。

车厢里端正地坐着一些女人，手上戴着嵌宝石的结婚戒指，有些像猫头鹰的脸那样几乎正方的脸，尖的鼻子和深陷的眼睛，也像猫头鹰那样容易被惊扰，随时准备逃走似的。她们心里藏着对什么的渴望？怎样的爱情经历？哪些再也不愿意面对的往事？多少怎么也打消不掉的令人羞愧的念头？她们每个人看上去都像一个塞满秘密的手提箱，鼓鼓囊囊的，连盖都盖不上。所以她们的举止行为有点拖拖拉拉的。

经过大学校园里的疯人塔，去汉学系。当年弗洛伊德在疯人塔边上的精神病医院礼堂里讲手淫问题，他将人类的一切病痛与怪癖和梦归结为性的压抑，他将性和情欲像炸弹一样扔在众人面前，他曾经将讲究体面的维也纳男人吓得不能在女士面前提到他的名字。“什么都是性！”他们嘲讽地说，但有些胆怯。而维也纳女人们在贝格街的单人卧榻上提供的经历，是弗洛伊德理论的深厚基础。她们甚至爱上他，因为他身上温暖的女性气息。我猜想情欲与裸露关系不大，那些修饰臀部的黑色蕾丝，灯光下没有禁忌的乳房，真是徒劳。也许，情欲与女人的感受更有干系，它犹如音乐，要借助乐器才能成为真实。女人借助一个自己爱上的男人，将这种深埋在肉体里的痉挛唤醒，成为从肩膀开始，飞快传到手指和脚趾的真正的情欲的颤抖。

维也纳让人总是有机会感受到情欲。它让你心里咯噔一下子，就想起来了。柏林唤醒人的政治性，纽约唤醒人的进取心，巴黎唤醒人心里浪漫的梦想，圣彼得堡唤醒人心里的沧桑，我数着自己喜爱的城市，没有一个大城市像维也纳这样。

一百年前被指为淫荡的克里姆特画中的女人，带着蛇般的美与邪恶，现在被印在明信片上、香水瓶子上、博物馆出售的雨伞和丝绸围巾上、旅行手册上，甚至烟灰缸上，如今她们是维也纳的金字招牌。百乐宫最整齐的房间给了他的画作陈列室，窗外是维也纳最美的巴洛克花园。从前被人唾骂的贝多芬壁画，现在陈列在分离派博物馆的墙面，是博物馆最重要的镇馆之宝。艺术史博物馆的介绍上总是提及他在走廊里的壁画作品。都对他画里活生生的情欲心照不宣。也许从前，他画的女人惊世骇俗，让维也纳的上流社会觉得自己好像没穿衣服。于是，他们发出正派人在裸体被人撞见时不得不发出的惊呼。现在，那成了吸引人来维也纳的某种暗示。维也纳有如此华丽的女人，如此的颓废和紧张，如此的精致和脆弱，她像沉重的水晶吊灯一样，闪烁着照亮了别处简单的人生。同样的一生，在别处，一餐粗茶淡饭就过去了，这里却是无尽的盛筵。

克里姆特在他的女人的身上，堆砌着无穷无尽的金色，它与巴洛克的金色相似，但没有自满，而是颓废的金色。他画的女人们，不论是脆弱而苍白的，还是微微浮肿、满面红晕的，都是颓废的。沉湎于性的旋涡里，几近虚脱，她们的脸上带着类似无耻的神情，因为她们到底不能摆脱性带来的羞耻感。这世上，到底谁可以真的有自然的、摆脱了羞耻感的性呢？从东方到西方，有宗教传统的地方都没有。也许非洲是有的，但是你也许介意他们太像动物，不够精致和细腻。维也纳到底是纸醉金迷了四百多年的城市，看上去他们最知道把玩那种种羞耻与无耻，阴郁与眩目，沉迷与挣扎，那些最细微的矛盾之处。克里姆特有一个美丽的红颜知己一起吃饭和散步，他终生与母亲和姐妹住在一起，与乡下来的头脑简单但身体美好的模特儿做爱，所以他懂得用金色的辉煌来表达情欲的颓废。

到你真的觉得寝食皆废，不用说将来，连此刻的生命都被忘记了。只想着要和这个人在一起，精疲力竭，眼冒金星，因为缺氧而两颊滚烫，能做的都做了，但还是不知如何是好，只是不能与此人分开，独自清净一会儿。这时，心里唯一留下来的感情，大概也就是颓废了。

这种感受像毒药一样麻痹着整个人。被挤到一边、溃不成军的理智，紧张地在心里盘算着出路：“一定得摆脱出来，做点什么别的。”它让人害了怕。有些人就因此而结婚，借日常生活的力量将这可怕的感情整理通顺，日常生活像注入咖啡的牛奶，刹那之间，咖啡像匕首一样尖利的芳香变得醇和了，死亡一样的黑色，也随即变成雅致的棕色。颓废变成了慵懒。人生终于再次正常起来。但是，也乏味了起来。

我好几次去分离派博物馆，去那间并不舒服的会议室里看克里姆特妖冶的壁画，每次都看到年轻人仰头看了一会儿，就离开了。而中年人，则久久地注视着，拿着手里的照相机，咔嚓咔嚓地照个不停。也许，维也纳对年轻人来说，太复杂和精致了。那金色也太晃眼了，它甚至有些陈旧，远不如黑色来得彻底和时髦。禁忌已经被打破，触犯禁忌带来的紧张与颓废就成为太麻烦的感情了。我有时看着轻快地离开的年轻的背影，想，也许他们会觉得纽约是充满情欲的城市吧，那里的女孩子以从低垂的裤腰上露出两股间的浅沟为快。

楼梯间

19世纪初的宽大公寓，进得大门去，是四四方方的门厅。宽大的楼梯贴着墙蜿蜒而上，在楼梯扶手那里探出头去，能一直看到底楼的门厅。有人上楼，那脚步声便在楼梯间里回荡着，在楼上就能听见。还隐约能看到那个人的手臂，随着身体移动而翻起的衣角。在维也纳这座城市里，我不知道有多少栋这样的老房子，通常，好像我去过的老房子，我朋友住的房子，电影里看到的房子，都是这样的，甚至弗洛伊德诊所也开在这样的房子里。

有一年，我也住在这样的一栋房子里，在维也纳的十三区。

沉重的木头大门在我身后“咔嗒”一声合上了。半明半暗的门厅和楼梯间里一团寂静，墙上贴着灰绿色的瓷砖，瓷砖上有几条青年艺术风格的曲线。空气里有淡淡的洗涤剂气味和没加牛奶的咖啡香。耳朵被这里的寂静弄得有些不舒服，那种寂静好像是某种压力，按在耳膜上，防止你听到你不该听到的某些声音。这样的光线让我想到了茨威格对老房子的门厅的描写，现在仍旧是半明半暗的，而且空气也是小说里形容过的凉爽。

在那些套间结实的门上，我看到世纪初制造的猫眼，茨威格的小说翻译将它译成“窥视孔”。它们看上去比现在我们用的要笨拙些，大些，结实些，包着一圈黄铜。

茨威格的故事常常与这样的维也纳老房子有关。一个女孩子爱上了她家对门住的邻居，一个倜傥的作家，他是维也纳女人都会爱的那种人，风雅精致，有学问，为人亲切，花心。“我整天都在等着你，窥视你的行踪。除此之外可以说是什么也没做。我们家的门上有一个小小的黄铜窥视孔，从这个小圆孔里可以看到对面你的房门。这个窥视孔——不，别笑我，亲爱的，就是今天，就是今天，我对那些时刻也并不感到羞愧！——这个窥视孔是我张望世界的眼睛。那几年，我手里拿着书，整个下午，整个下午地坐在那里，坐在前屋里恭候你，生怕妈妈疑心，我的心像琴弦一样绷得紧紧的，……我知道你的一切，了解你的每一个习惯，认得你的每一条领带，每一件衣服，不久就认识并且能够一个个区分你那些朋友，还把他们分成我喜欢的和我讨厌的两类。我从13岁到16岁，每个小时都是生活在你的身上的，我去吻你的手摸过的门把手，捡了一个你进门之前扔掉的雪茄烟头，……”这是茨威格写得最好的小说，一个维也纳女人自重而疯狂的爱情故事，发生在寂静而有秩序的、看上去不动声色的楼梯间里，“终于——大概已经是凌晨两三点钟了吧——我听见下面开大门的声音，接着就是上楼梯的脚步声。顿时我身上的寒意全然消失，一股热流在我心头激荡，我轻轻地开了房门，准备冲到你面前，伏在你的脚下……啊，我真不知道，我这个傻姑娘当时会干出什么事来。脚步声越来越近。烛光忽闪忽闪地照到了楼上。我哆哆嗦嗦地握着房门的把手。来的人果真是你吗？是的，是你，亲爱的——但你不是独自一人。我听到一阵挑逗性的轻笑，绸衣服拖在地上发出的窸窣声和你低声细语的说话声——你是带了一个女人回家来的。”

每次当大门在我身后“咔嗒”一声关上，在压住耳膜般的寂静中，茨威格小说里的人物就从我心里冉冉升起。我听着自己的脚步在楼梯间里回响，听着灯芯绒细条的裤子发出的摩擦声，地板在我脚下咯吱咯吱响着。这些琐碎的声音在维也纳老房子的楼梯间里听起来，好像都是富有意味的小说细节。

猫眼后面好像有人。它暗了一下，只有人凑近猫眼，遮住此人身后走廊里的亮光时，猫眼才会“忽”地暗一下。如今，是谁听到脚步声就奔来窥视楼梯呢？这样的老房子里，无声地飞舞着无限关于情欲的秘密。

我忍不住向那个猫眼凑过去，我不习惯用猫眼，虽然我家门上也有一个，但却装得很低，是给孩子独自在家的时候用的。我以为从门外看过去，也可以看到门里面发生的事。那个突然变暗的猫眼后面到底站的是谁？那个女孩到底长得什么样？我好奇极了，是茨威格在小说里常提到的好奇心，它几乎打乱了文学与现实的界限。对茨威格的小说，我一直有着复杂的感情，我不由自主地被他的故事吸引，也被他的故事打动，但我不怎么喜欢被他的故事激起的感情，那种感情有点小家碧玉式的悲天悯人，他在什么地方抹杀了故事的广阔，或许出于对他那大战以前维也纳犹太人上流社会的布尔乔亚世界观的不适，或许出于对他描写里咏叹调式的口味的微微不满，他的笔调有些夸张，让人想到施特劳斯金像的卖弄，对他的小说，我始终有被吸引和不满足的双重感情。那种不满足，我可以感到，但说不完整。茨威格写得太圆熟，太精密，太聪明，太完整，他的故事也有心灵的力量，但这力量被利落而令人可惜地阻断在个人悲欢的格局里面。我喜欢读他的小说，却对他不甚满意。

从门外面，透过猫眼看进去，什么也看不清。但那里面突然亮了一下，是里面那个人飞快地从猫眼上闪开。她被我吓着了？然后猫眼再次变黑，这次是它被遮上了。我听到了门那一边轻微的金属擦碰的声音，我知道，那是猫眼上的铜叶片被放下，从里面遮住了猫眼。

果然有个人！我慌忙闪开。我怎么能站在别人家的猫眼前偷看呢？真是太失体统了，还什么也看不见。我怎么连滚带爬地上楼梯，像那些心怀鬼胎的维也纳犹太妇女。她们在大街上和家里，都不得不维持着锦衣玉食、美满幸福的上流社会的体面，她们远比贵族妇女更审慎和规矩，只能在安静的楼梯间里崩溃，颤抖，跌跌撞撞，落荒而逃。

小说中的女人，被少女时代的暗恋所纠缠，不得解脱。等她长大以后，终于以一个陌生情人的身份，被作家带回少女时代住过的老房子。茨威格在小说里再次写到那个老房子，那个楼梯间，写到那个清白自重的女人到了不顾一切的田地，心里的悲欣交集。“那大门，我在前面等过你千百次的大门；那楼梯，我在那里倾听你的脚步声，并在那里第一次看见你的楼梯；那窥视孔，通过这个小孔，我看得神魂颠倒；你门口铺的小地毯，由此我曾在上面跪过；那钥匙的响声，每回听到这声音，我总是从我潜伏的地方一跃而起。我的整个童年，我的全部激情都寄托在这几米大的空间里了，我的生命就在这里，而现在命运像暴风雨似的降落在我的头上，因为一切，一切都如愿以偿了，我和你在一起走，我和你在你的、在我们的房子里走着……一直到你房门口为止，一切都是现实，都是一辈子沉闷的、日常的世界，从那儿起，孩子的仙境，阿拉丁的王国就开始了；你想一想，这房门我曾急不可待地盯过千百回，如今我飘飘然地走了进去，……”从此，她不再是暗恋的女孩，而在不归路上绝尘而去。这才是维也纳的女子，她们有着小家碧玉的生活、外表、风格，而且有一颗小家碧玉浮想联翩的、孤注一掷的、脆弱而唯美的心。她不是不懂得日常生活的乏味和呆板，虽然她不得不一辈子流连在这么一栋维也纳老街道两边数也数不清的老房子里。

空无一人的楼梯间里，我停下脚步以后，就什么声音也听不到了。楼下街上有人走过，一个穿高跟鞋的女人，鞋跟敲击卵石的路面，发出清脆的响声。那声音渐渐远去，消失在街道的拐角上。拐角上有家旧货铺，里面铺天盖地的什么都有。从蓝色的水晶细颈花瓶、底部铸着族徽的黄铜烟灰缸，到70年代牙签条的旧西装、第一次世界大战前的家族相册，以及用旧了的女帽，连着黑色网状面纱的，和从前用真正的牛皮缝制的旅行箱，它硬翘翘的，皮带也断了。

它开着的门里散发出一股淡淡的耗子味，老旧货店的气味。我被街上传来的脚步声引导到那家旧货店里。前几天，我没有事情做的时候，常去那里翻东西，与店主闲聊，他是个和气的买卖人，一口咬定我是个有钱的东方人，“要不然，你能到这么远的地方来?”他想要说服我买贵重的东西。此刻，我站在楼梯间里，想着那店里头等待人买回家的蓝色水晶花瓶、女帽、牛皮箱，还有发黄的照片里面神情庄重的女人，突然觉得，它们简直就是从这房子的某一套里卖出去的东西。那就是被写进茨威格小说里的那个套间，一切都是真实的，好像是回忆录：蓝色水晶花瓶就是那女孩在作家书房里看到过的那一件，作家从那里拿过白色玫瑰给她，以后，每年生日送她的白玫瑰，都插在这个花瓶里；女帽是那女人用过的；牛皮箱是作家出去旅行时用的箱子；而发黄照片里面神情庄重的女人，则是故事的女主角本人：她站在镜头前，鬈发向两边分去，脸有些方，是那个时代维也纳女人的脸型，克里姆特的女友爱米尔也长着同样的脸型，她们甚至有同样的表情，在庄重后面，是不可收拾的越轨，并深深走进了死胡同的私人生活。

房子里真是一团寂静。突然，我听到有人从外面进来，门铃吱吱地响着，楼上有人为他开了门。那是很轻的脚步声，我从扶手上往下看，看到一双穿了墨绿色丝袜的脚，穿着黑色的齐脚踝的短皮靴，好吧，不是他，是她。她走得很小心，鞋跟没有踏上来，所以脚步声就变得很轻，而且可以走得很快，其实她也走得很快，她的大衣摆都扬起来了。不知为什么，我觉得她想躲着人，她带来了一种我在茨威格小说里熟悉的神秘气氛。她的步子兴奋而恐惧，小腿在袜子里紧紧绷着，像运动员站在石灰划出来的起跑线上。我不由得缩回了头，好像我也怕她看到似的。她一定打扮得很隆重，因为我闻到了一股脂粉气味，还有香水甘甜的气味，很好的香水，一点也不刺鼻。然后，脚步声停了下来，我没听到钥匙声，只听到轻轻的一声“咔嗒”，那是门锁打开的声音，有人预先为她等着门。

房子里重新归于寂静，但空气中仍旧飘散着某种紧张和诡秘，是茨威格小说里那心里充满恐惧的瓦格纳夫人来会她的钢琴家情人了吗？“匆匆地上楼，她知道他正在刚刚急速打开的门后等着她呢。这第一阵恐惧，确实也包含着对急不可耐的心情的恐惧，在见面时热烈的拥抱里消散了。”在那被飞快关上的门后面发生了什么？是一个布尔乔亚妇女患得患失的偷情，偷情这个成年女人的游戏，本有特别的欢愉，但它早已被她心中无所不在的恐惧侵蚀掉了。她有对它的渴望，但并不能享受它的喜悦，就像大多数陷入乏味生活、心怀适度不满的妇女一样。20世纪20年代就已经在这样的房子里上演过的故事，如今还在重复吗？我探出头去，呼吸着那女人留下的、正在消散的干涩的脂粉香味，望着一路旋转上来的楼梯扶手。我大概是在犹豫要不要下去看看，这又是个被好奇心驱使的卑劣的念头。

这时，下面的楼梯扶手上，突然探出了一张仰面朝天的脸，那是张苍白的男孩子恶毒的脸，他狠狠地、不怀好意地瞪着四周，那张脸，好像是从《灼人的秘密》里掉出来的脸，男孩子因为母亲的欺骗、背叛，而成为复仇天使。他深色的眼睛利剑一样地搜索着这栋安静的房子，我飞快地缩回身体，生怕被他看到，好像我也不能让他发现。我的心咚咚跳着，手里捏紧自己的钥匙，准备马上逃回自己的公寓里去。

这时，我听到楼下传来轻轻的关门声，门锁被轻轻地撞上。

就算小男孩发现了我，发现了我在张望，又怎样呢？我问自己。我慌什么？我不再鬼鬼祟祟的，放稳了自己的脚步，接着上楼梯。我准备好反问："我回自己的公寓，那您是谁，您上来干什么？"我住在最高一层，我的邻居是个金发女子，她礼拜天在大学教堂里唱诗，第一次担任一节赞美诗的领唱时，她还请我去听过。她在那个合唱团里的位置，是她父亲留下的，他老了，她去接班。她家几代人都属于大学教堂，生在那个教堂做礼拜，死便葬在教堂后的墓地里。她本人是独身女子，她的大门里面从没有声音传出来，她的家里也从来没什么小男孩。

没人追杀上楼。

我站在我公寓门前的那一小块地毯上，旧羊毛地毯上依稀可见橘红色的波斯花纹。我打开自己那一套房间的门，钥匙哗啦哗啦地在门上响着，这是茨威格小说里形容过的声音，小说里的作家领着那个女人回家，那女人默默听着从童年时代起就熟悉了的钥匙在门锁里转动的声音，这声音与小说里形容的一样，可见锁都没有换过，黄铜的钥匙也许都是从前用过的。我的公寓里空荡荡的，只有主人留下的必需品，出租给短期客人的，就是这样的房间，没什么特别的。

我在那套房间里却不能安静下来。我四处查看着自己的公寓，看到壁橱里有卷起的地毯。我觉得它们很是眼熟，于是，就将它们从壁橱里拖出来。它们真重。我拼命拖着它们，手指甲抓进地毯的绒毛下坚硬的织面里，生疼的。“你的仆人打开门，把那几条他已经拍打干净、沉重的地毯拽进屋去。他，这个好人，干得非常吃力，我一时胆大包天，走到他跟前，问他要不要我帮他一把。……这样，我就看见了你的寓所的内部，你的天地，你常常坐的书桌，桌上的一个蓝色水晶花瓶里插着几朵鲜花，看见了你的柜子，你的画，你的书，……就是这么看了一眼，……我就把整个气氛吸进了胸里，这就有了入梦的营养。”我将它们拖到房间的中央，打开它们。那是一块老羊毛地毯，能看到水渍，某人，在某年的某天，在地毯上失手倒翻了一些水。他是谁？它是哪一块？我将它在房间里铺好，房间显得更空了，只是越来越像茨威格小说里描写过的房间，——那是一个虚拟的房间——只是它被搬空了，一些东西显然是进了街角的旧货店，那个作家，R，应该像茨威格那样，在战争期间落荒而逃，客死他乡。

我不能说自己在理性上喜欢茨威格，但他总是轻柔而准确地挑起我对人的内心世界的兴趣，读他的小说，我自己的回忆总是像溪流伴随堤岸一样，一路喧哗地伴随着他小说的进展。细节被记起来，记忆中的人像脱掉外衣一样，脱掉了在现实生活中稳重的外貌，我总是借着茨威格在他小说后面闪烁的眼睛，突然认识了我记忆中的人的内心世界。“原来是这样。”我常常这么想。在我最初写少年的小说时，他的《家庭女教师》《灼人的秘密》《巫山云》，那些男孩和女孩，都曾经擦亮过我的眼睛。他总是让我读他的故事，但想到了自己的生活。我十三岁的时候从高年级同学手里借到第一本40年代出版的茨威格小说集，二十二岁的时候读欧洲文学史，再读他的小说和传记，此后的二十年，总是在不经意的时候再读他的小说，他总是一个伴随我的小说家，虽然渐渐我可以分辨出他与契诃夫的不同，也许我更喜欢那个俄国人，他戴夹鼻眼镜的肖像画在红场边的一栋房子的外墙上——又是房子，又是作家——，但我还是不能放弃他的故事，径自走开，像对安徒生和勃朗宁那样。它们在我心里，一直都栩栩如生。

“某种回忆浮现在他的心头，他想起了一个邻居的小孩，想起一位姑娘，想起夜总会的一个女人，但是这些回忆模模糊糊，朦胧不清，宛如一块石头，在流水底下闪烁不定，飘忽无形。影子涌过来，退出去，可是总构不成画面。他感觉到了一些藕断丝连的感情，却又想不起来。他觉得，所以这些形象仿佛都梦见过，常常在深沉的梦里见到过，然而仅仅是梦见而已。他的目光落到了他面前书桌上的那只蓝花瓶上。花瓶是空的，多年来在他过生日的时候第一次是空的。他觉得，仿佛一扇看不见的门突然打开了，股股穿堂冷风从另一个世界飕飕吹进他安静的屋子。他感觉到一次死亡，感觉到不朽的爱情。一时间，他的心里百感交集，他思念起那个看不见的女人，没有实体，充满激情，犹如远方的音乐。”

这个他是谁呀?

第二章

Once Upon a Time

华沙

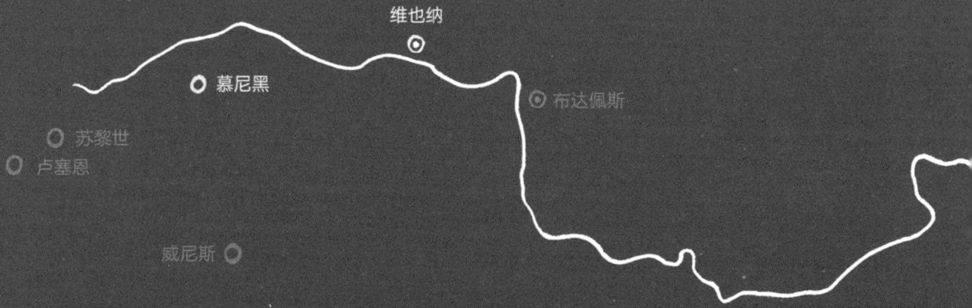

罗马

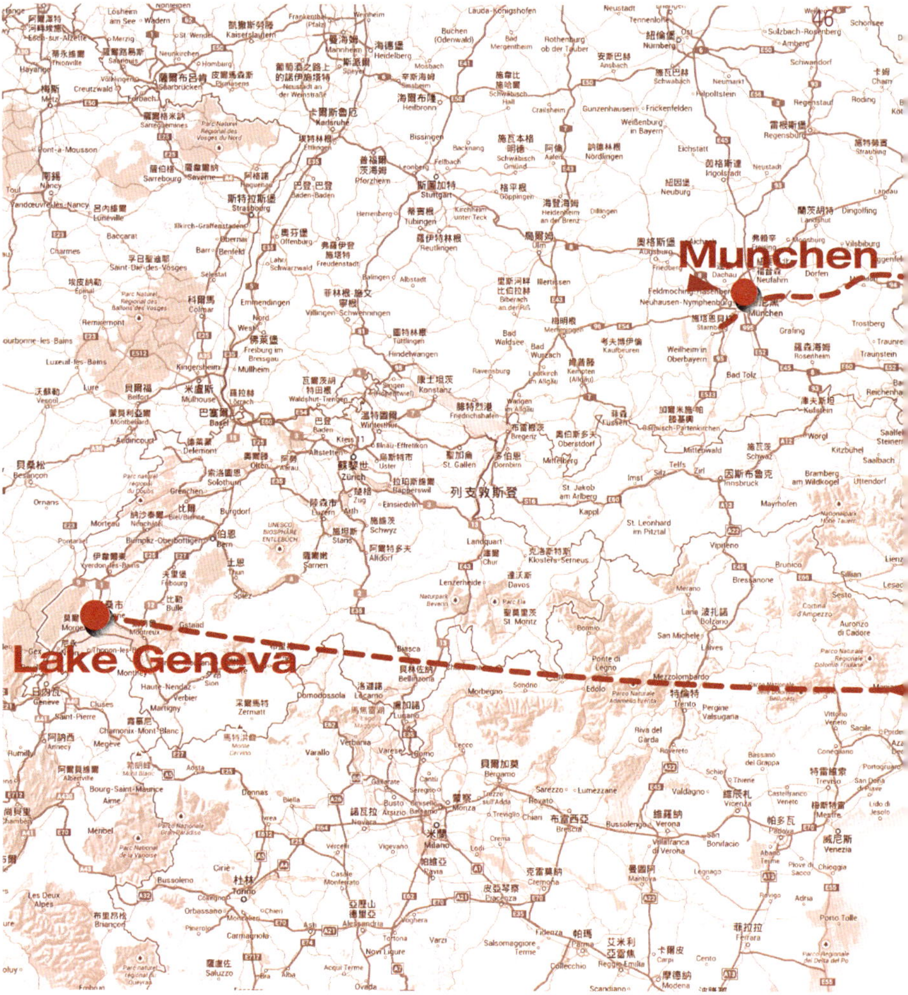

图 15 德国、奥地利、匈牙利、瑞士：追随一个公主的旅行

这条旅行线从她出生的巴伐利亚开始，她出生的城堡叫帕萨霍森。我们去她少女时代常去的湖畔森林里散一次步。她父亲曾教导她：“如果你心中烦忧，就到大自然中去。”

还是个少女的她，成了一个腐朽而庞大的哈布斯堡王朝的皇后。迎娶的船在多瑙河上顺流而下，进入多瑙河最美的一段，瓦豪河谷。在那里看得到两岸古老的葡萄酒庄园，蓝色的小天主教堂，小丘顶上的修道院，天鹅飞过水面。

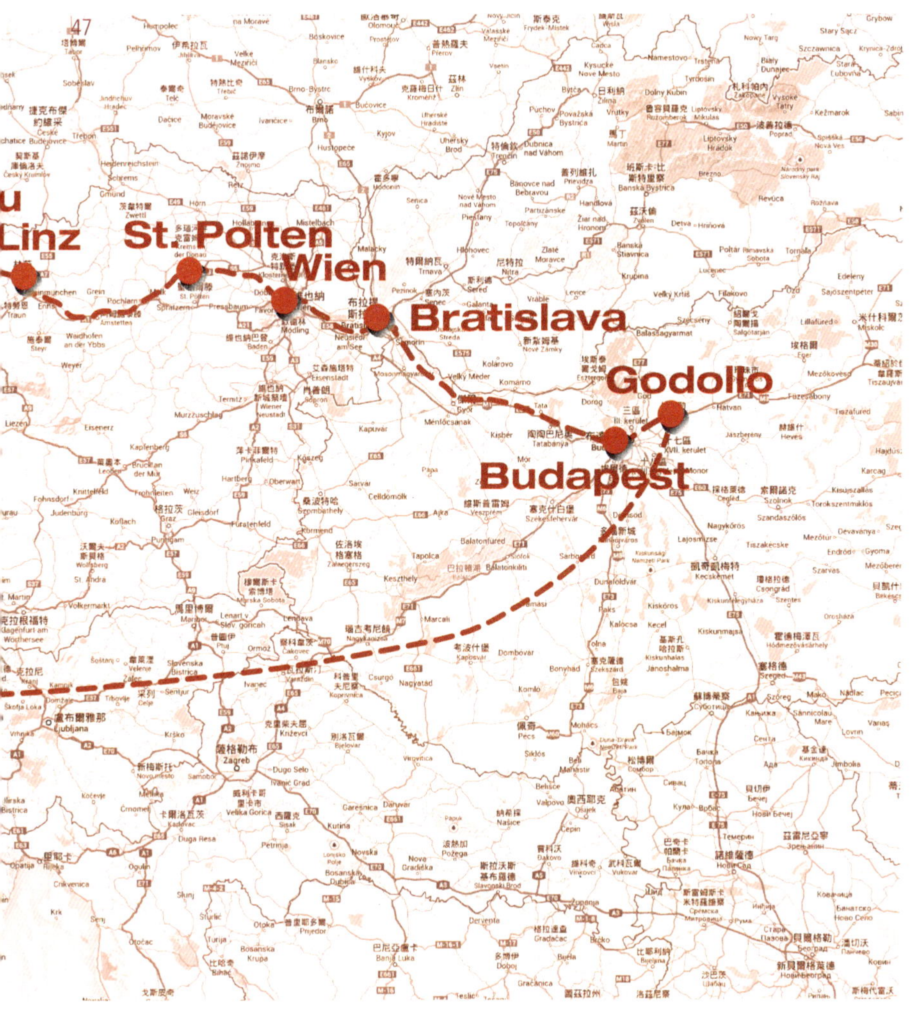

她在维也纳不幸福，就外出长途旅行。她最爱去匈牙利的布达佩斯。布达佩斯如今到处留着她的痕迹。从布达佩斯往西三十公里，便能看到格德勒，那里有她的宫殿。从格德勒出发一路向西去，一路上都留下她旅行的痕迹，在意大利，在法国，直到瑞士的日内瓦湖。那里是她被刺杀的地方。“出了什么事？”她最后问。

这是一段追寻茜茜公主的旅行，感受那些无可挽回的遗憾是如何显现命运的面容。这样的地理故事，对一个女人来说总是收获良多。

图 16
茜茜公主十五岁出嫁前。

图 17

慕尼黑：茜茜公主长大的巴伐利亚森林和林中草地。

图 18

茜茜公主老家的窗子。

图 19
茜茜公主成为伊丽莎白皇后。

图 20

维也纳皇家教堂，茜茜公主在这里行婚礼。

那才是真正的完美一刻，王子与公主，真心相爱，挽手走进结婚礼堂。

如今人们走进这里，读着教堂介绍，心中只有感慨相爱之难。

图21

茜茜公主最后一次蒙特勒之行，化名为贺昂布伯爵夫人。
自从她的儿子过世后，她就只穿黑衣，只用黑色折扇遮面。
但她仍热衷爬上面向湖泊的小山，在她的德国朋友半山上的宅邸喝茶。
直到她去世，都保持着少女时代的腰围和体力。

图22
从莱芒湖前往日内瓦的古老码头，伊丽莎白皇后钟爱蒙特勒的山水，
因为它与自己故乡相似。她从此前往日内瓦，一去不归。

图 23
蒙特勒伊丽莎白皇后塑像，是弗兰茨皇帝最喜欢的茜茜坐像。
伊丽莎白皇后被刺杀离世后，他来此拜访妻子最后的雕像，
这也是他最喜欢的茜茜雕像。
在此他曾说，世界上没人知道他有多爱这个女人。

图 24

维也纳皇宫里的茜茜博物馆，

她喜爱的珠宝和华服以及她爱读的海涅诗集都在此展览。

图 25

茜茜公主的遗体回到维也纳后，按照哈布斯堡皇室的习惯，
她的心脏被放在陶罐里，置于皇家陵墓教堂密室，
与她不喜欢的心脏们在一起。

图 26

茜茜的一生，有人说这是一个追求自由的公主的一生，
也有人说，这是被巨大的自由束缚住的公主的一生。

在我的大学时代，英文老师布置我们背诵过不少课文，为了训练我们的语感。老师在80年代初很难找到新鲜的英语原版补充课文，只找到原版的童话故事。“Once upon a time,” 那些课文总是这样开头的，“很久以前”。

在上海，人民广场旁边，第一百货商店后面，窄小纷乱的宁波路上，588号，是新光电影院。它是一个外墙华丽的，带着巴洛克回旋柱和装饰艺术的涡旋纹饰的老电影院，像20世纪初的欧洲工业建筑一样用红砖。它是那样华丽和张扬，在挤满了歪歪倒倒的1929年小房子的窄小街道上，好像一块落进灰堆里的豆腐一样突兀而困惑，但非常符合它在20世纪70年代后期开始的使命。那时，它几乎成为上海专门放映不公开放映的西方世界电影的电影院，所谓内部资料电影。

1978年，我和同学常常到那里去看内部电影。学欧洲文学史时候的名著参考电影，如《红与黑》《叶甫盖尼·奥涅金》《牛虻》《脖子上的安娜》和《简·爱》；对文科学生开放的解禁资本主义国家的电影，如《尼罗河上的惨案》《铁面人》；作为内部参考的资料电影，如《翠堤春晓》《鸳梦重温》《巴顿将军》。作为某种特权象征的内部电影，现在想起来，它们应该是中国最早的盗版影片，总是与新光电影院联系在一起，也总是与禁锢时代对西方世界的渴望联系在一起。

那人头攒动的幽暗门厅和大理石过道里，散发着年代久远的老式电影院特有的气味：一股包着细棕和弹簧的细帆布靠背椅子及其带漆的木靠背的气味。那气味从被紫红色的平绒帷幕遮蔽的放映厅入口处缱绻而来，梦一般的，令人恍惚不已。在1978年以后的十年里，新光电影院里荡漾的气味，就是我所熟悉的通往美丽世界的气味。

紫红色帷幕的上方有关于单号电影票和双号电影票的指示灯，但我常常因为急切而忽略它们，我将一根手指大小的电影票递到离我最近的检票员手里，它们通常是蓝灰色的粗糙的小纸条。

在电影开场以前，放映厅里会为先到的观众播放音乐。通常，它们是保尔·莫利亚乐队或者曼托凡尼乐队的轻音乐，那是80年代早期响彻大街小巷的音乐。《爱情是蓝色的》总是很受欢迎，甚至在弄堂口的小纸烟店，都能从店主人放在木头柜台上的红灯牌收音机里听到。音乐在放映厅里回荡着，因为那里良好的隔音，音乐被包围在里面，像热烈地回荡在心里的声音。

我的心总是被电影院的音乐和气味鼓惑得沸沸扬扬。

某一天，在新光电影院，我看到了《茜茜公主》。阳光灿烂的施塔恩贝格湖，蓝色的湖水、松树林、蓝色的阿尔卑斯山脉和金绿色的草坡，随着镜头平稳的移动，出现在我面前，还有飘扬着蓝白相间的巴伐利亚旗帜的大房子，那是茜茜公主的家。那是我第一次看到这样灿烂的蓝天，在闪烁的银幕上，那就是巴伐利亚的蓝天。我的同事告诉过我，巴伐利亚的自杀率全德国最低，因为总是有人不舍得这样好的蓝天而放弃自杀。

茜茜公主沿着草坡斜斜地跑下来，带着乡野的淳朴，她的高贵出身和乡野清纯很符合当时中国人的价值观，她就这样跑进了我们的眼睛，她带来的甜美单纯，正是经历了革命年代后，人心迫切需要的温存。那是个带着巴洛克遗风的华丽而简单的电影，茜茜公主的清纯使巴洛克的华丽成为可爱的华丽，成为可以自在享受的美。美酒、美人、宫殿、欧洲充满绿色的秀丽山河，还有施特劳斯式的浪漫音乐，它们轻轻碰触着人们被迫深埋于心底的对物质生活胆怯的爱。其实，那电影里有着歌颂真善美的巴伐利亚天主教的说教，但我们从充满狂热说教的年代过来，它的说教简直就是温存的触动，它那熟悉的说教的思想方式，甚至也是让人感到亲切的一个原因。

1992年春天的某一个休息天，我从慕尼黑到施塔恩贝格湖。轻轨火车里充满礼拜天中午懒散而满足的熏熏暖意，在车厢一角有个男人，仍旧像电影里的弗兰茨皇帝那样穿着绿色薄呢的绑腿裤，是那条裤子让我原谅了他脸上铜墙铁壁般的现代表情。窗外是巴伐利亚金光灿灿的蓝天和绿色的松树林，还有在阳光下金绿色的草坡。施塔恩贝格湖水波光潋滟，成群的白天鹅在金光闪烁的细波上低低飞过，不得不说，这带着巴洛克风格的十全十美的自然是美丽的。在电影里，茜茜公主悲伤的眼睛里洒满阳光，她对她爸爸说："我总是记着你的话，要是感到忧愁，就到树林里去遥望大自然。"在车厢中一派悠扬的巴伐利亚方言里，我听到茜茜公主在电影里的声音，那是中国配音演员充满幻想和理想的声音，带着80年代的人文气息，尽量的美好，尽量的正义，尽量的纯洁，尽量的欢快，像19世纪的人那样信奉真善美，毫不犹豫地视它为生命。茜茜公主的中文对白优雅甜美、干净坚定，她的声音里寄托着无数在黑暗中仰望银幕的中国人对欧洲的向往。“我总是记着你的话，要是感到忧愁，就到树林里去遥望大自然。”我在心里朗诵她的话。

我读到过一个自杀女孩子的日记，1986年，她在日记里端正地抄下了茜茜公主电影里的台词：“要是感到忧愁，就到树林里去遥望大自然。”将它当成对自己的劝慰。但她没有得到真正的劝慰，她割腕死了。我往三洋卡式录音机里读那个女孩子的日记，留做写作素材。当我读到这一段的时候，银幕上蔚蓝的湖泊曾澄明地浮现在女孩子的字迹里。那是个穷苦的、浪漫的、渴望自由的女孩子，出生在一个不幸的家庭中，暴躁的母亲，没有父亲，没有兄弟姐妹，寄居在亲戚家，受着冷落。她样样都和茜茜公主的生活反着，所以她喜欢茜茜公主，所以她活不下去。因为这个女孩子，我眼睛里的茜茜公主，总带着一些蚍蜉撼树的感伤。

她在安德拉希伯爵的舞会上对匈牙利贵族说，她希望匈牙利成为一个安定、自由、幸福、富裕的地方。说这话的时候，她端坐在一张红色天鹅绒的巴洛克沙发椅上，面容甜美而坚定。那也是在80年代的时候我对中国热烈的希望，对自己将来生活的希望。茜茜以匈牙利皇后的身份说这样的话，声音里有着单纯的向往之外，还有郑重的承诺、温柔的救赎和勇敢的担当，那也正是我在80年代对自己的承诺。我对自己将来的生活也有着极其相似的向往，也曾有过“国家兴亡，匹夫有责”的郑重和勇敢，作为一个中文系学生，我也对将来的作家生涯有过关于救赎的理想。那是一个单纯而热烈的年代，大难甫定，非常适合这样一部将茜茜诠释成古典而美好的皇后的德奥合拍的电影。穿着维也纳华丽大裙子，戴着皇冠的茜茜公主，优美，正派，纯真，热爱自然，反抗强权，信仰坚定，还有着被宠爱的温柔和善良，这些必不可少的条件，她正好什么也不缺。她是高贵的，犹如春风万里，她就这样成为不得不穿蓝咔叽布衣服长大的我的偶像。在黑暗的新光电影院的座椅上，我遥望着比梦幻还要美好的茜茜，有时泪眼婆娑。那椅子里的弹簧太老了，已经不很灵活，常常直直地从坐垫里隆起，像一块肿痛的青春期痤疮，随着身体的移动而铮铮作响。

20世纪80年代的时候，我心中至为重要的，是勇敢、信念以及优美的面容与心灵。它结束于那个漫长多雨的冬天，那年下了无穷无尽的冻雨，空气里充满冰凉发霉的水汽，我的床和我的棉被是我找到的避难所。漫长的睡眠，晚上早早就睡下了，早上却还是怎么也醒不过来。我的身体很配合我的心情，睡着了，便不用再面对自己。我像个在纸箱里越冬的青岛苹果，表面上看红堂堂的，被好好地收藏着，不经风雪，但在果核那里，却还是不动声色地溃烂了。那个冬天，行道树在冻雨里发了霉，下水道散发着冰凉的浊气，学生们的座右铭是TDK（TOFEL，Dance，Kiss），人心在巨大的失望中溃烂，茜茜公主也在那时，消失在我的沉睡中。我结婚时粉红色棉布被套已经被洗得相当柔软，它密密地贴在身体四周，好像沉没时密不透风的水波。

从黄色的世纪初风格的小火车站出来，走过长长的、暖意融融的草坡，青草散发着被阳光晒暖的干燥清香，草梗闪闪发光。草坡其实是个山冈，站在那里，能看到湖对面天边的阿尔卑斯山，山峰上是白色的雪，那里就是奥地利的因斯布鲁克。从那里一直向南去，是莫扎特的萨尔茨堡，是施特劳斯的多瑙河，是茜茜公主的维也纳。沿草坡而下，是高高的松树林，小鸟和松鸡仍旧像电影里一样在林间发出叫声。阳光灿烂的午后，松树散发出刺鼻的香气，阳光在林间像匕首一样明亮而坚决地劈下来。树林的尽头，就是施塔恩贝格湖。在湖边，有人和茜茜公主的爸爸一样在钓鱼，有人和茜茜公主一样穿着巴伐利亚民间的大裙子，有人在微笑着接吻，像茜茜公主和弗兰茨皇帝一样，我对自己说，这就是茜茜公主的家乡。

“Once upon a time”，在草坡上，当电影里的湖光山色出现在眼前，我想起了这句话，“很久以前”。

接着，响彻过新光电影院放映厅的声音再次响起。那是中国人从来不使用的优渥的中文，关于忧愁和树林，以及大自然和上帝。巴伐利亚人认为大自然能让人看到上帝的力量，而战胜忧愁。我站在湖边，劝告自己要感到幸运，感到陶醉。我望着那山、那水、那些树林和白色的鸟，它们远比在新光电影院银幕上好看，它们垂手可及。湖畔到处散发着阳光强烈的温暖气息，阳光甚至在空气里也闪烁金光，这便是安慰了巴伐利亚人的美丽自然，它像巴洛克宫殿一样堂而皇之地压下来，排山倒海。

我突然泪流了满脸，像被压碎的葡萄。

茜茜公主的声音清晰、不容置疑地说着关于安定、自由、幸福和富裕的理想。她端坐在红色的沙发椅上，用手轻轻挽着裙子里的裙撑，因为勇于担当，她有着钻石般清澈锐利的光芒。我记得，这是我最喜欢她的地方，Once upon a time。她对后来发生过什么毫不知情，她不知道我已经觉得那理想遥不可及了。她不知道我已经觉得自己不配继续保持这样的理想了。她不知道我心里无法清除的失望。她不知道在那个冬天的早晨，我站在布满灰尘的镜子前，看自己的脸又青又肿，活像一个被遗忘在墙角的发芽土豆。我害怕地看着那面镜子，不知道以后自己该怎么生活。蚍蜉不再撼树，它已经死在树下。她也不知道有时候我深夜起床，透过窗帘望着沉睡的城市，路灯朦胧地映照着街道上的水洼，到处都是湿的，像坟墓一样。我退回到自己床上，充满行尸走肉的感觉。在施塔恩贝格湖边，我突然被推到无法直面的一切面前。漫长的湖畔黄昏，金红色的阳光在平静的湖水上滑动，远处的阿尔卑斯山变成了温暖的紫蓝色的山脉，这里的黄昏有种天堂开启般的美，我的心中有种无声的缓慢的痛楚。

我坐在湖边，有条有理、专心致志地吃着香蕉。将香蕉掰成小块，慢慢送进嘴里，吃了一根，再吃一根，那都是太平洋群岛上出产的大香蕉，在我胃里沉甸甸的。眼泪很快就干了，在面颊上留下一些绷紧的痕迹。

不找借口，这就是我唯一能做的，是我的渺小的、惭愧的、站在底线上了的担当。

我终于面对与茜茜公主的分离，我眼看着说中文的她，像落在坚硬的大理石地上的玻璃杯一样，“啪”的一声碎了。

春天，天主教有许多节日，那些节日我不用去图书馆上班，所以我到处闲逛，寂寞的时候就不停地照相，快门开启的清脆声响是对我很好的安慰。一方面，我想不辜负在欧洲的日子，另一方面是想逃避内心的焦灼。某些东西，不光是碎裂的茜茜公主，不光是在合适与不合适之间位置不定的巴洛克宫殿，一切都在不可避免地崩溃的感觉，一直让我焦灼不安。我不能判断，那是我在崩溃，还是欧洲在崩溃，一切都摇摇欲坠。

在摇晃中，我想抓住什么。但那是什么呢？我并不知道。

四月的假期里，我去了维也纳。与茜茜公主从多瑙河上前往维也纳的路线不同，我搭火车。但与多瑙河两岸的情形一样，我一路也不断经过富有巴洛克传统的小市镇，到处都能看见有洋葱顶的教堂，听见天主教堂的钟声在绿树蓝天间荡漾，维也纳的人与巴伐利亚的人一样，见面问好，彼此互道“上帝好”，而不是“早上好”。

周末的早上，穿过黑色铁铸的巴洛克大门，我与在小旅店新结识的室友乔伊一起进了霍夫堡，那里曾是哈布斯堡王朝的宫殿。那个早上，皇宫那些长长的窗子都关着，帷幕低垂，好像里面的人睡得正沉，通宵的舞会刚刚结束。

这么早，只有我们两个参观者。我们的脚步声，像小石子那样，迅速地从大厅的这一头投向那一头，清脆地在大理石的地面上撞来撞去。寂静的宫殿里，虽然已经成为博物馆了，但还是遗留着某种繁文缛节的空气，让我们小心翼翼。乔伊不小心咳了一声，马上用手捂住了嘴。和一般直白的美国游客不同，她脸上有种欧洲式的古旧和华丽。我们都喜欢看欧洲宫廷故事的电影，都喜欢去参观皇室的珍宝馆，我想，这是我们这两个萍水相逢的人会约好一起来霍夫堡的原因，而且来得这么早也是我们商量好的，因为不想让其他游客打扰我们。

“我们能想象。”乔伊将手指放在脑袋边画圈。

“是的，我们可以。”我回答。那个晚上，我们坐在小旅店底楼的客厅里，墙角放着一架旧钢琴，我们都是独自旅行的人，偶尔相遇。当乔伊说她热爱欧洲宫廷电影的时候，我忽然想起，我也是，我说：“我喜欢茜茜公主那样的电影，而不喜欢《铁面人》那样讲宫廷斗争的。”

“我也是。”乔伊拿她手里的杯子碰了碰我的，“很高兴认识你。”她笑着再次说。

听到她的咳嗽声被轰然放大到高高的天花板上去，传遍整个大厅，以及霍夫堡深如沟壑的长廊。我们面面相觑。“她这是怎么啦？”这是索菲皇太后的声音，其实，它是上海的配音演员曹雷的声音。那带有华丽而挑剔的鼻音，表达了克制的嘲讽和惊诧，恰到好处的责怪，还有高高在上的尊贵。当茜茜公主知道自己跳舞时昏过去，不是生病，而是怀了孕时，她从床上跳下，飞奔着掠过皇太后身边，去告诉她的皇帝。望着茜茜公主飞奔而去，索菲皇太后就这样问内宫女官。

“抱歉。”乔伊悄声说，望了望装饰着巴洛克浮雕的天花板。

没有游客身影的皇宫里，我们像是闯入者。

在一条走廊的尽头，我们看到一个没开灯的大厅，门前被一条被红色天鹅绒包着的绳索款款地拦着，那里不对游客开放。

那是一个华丽的大厅，地板上镶嵌着巴洛克的花纹，天棚上吊着巨大的华丽的水晶灯，白色的墙壁上画满了金色的花蔓。大厅的中央有一座白色大理石的扶梯，像柔软的藤蔓那样蜿蜒而下。这就是皇宫里举行舞会的大厅吧，我认识那样的地板。电影里，茜茜公主和弗兰茨皇帝在贵族们的簇拥下跳完圆舞曲的第一个段落，然后，其他人才加入进来，有着裙撑的大裙子圆圆地从腰际撑开，旋转的时候就像一把伞，像八音盒上的小舞偶。

“这一定就是开舞会的大厅。”乔伊发出嘶嘶的声音，她的眼睛闪闪发光，“音乐，葡萄酒，漂亮的人们，大裙子。乐队里有把小提琴，很浪漫的音乐。”

我和乔伊并肩站在红色天鹅绒的绳索前面，眺望没有开灯的大厅。它空旷、寂静、黯淡，我们的眼睛代替了身体，在淡黄色和深棕色的镶嵌地板上轻盈地划出圆舞的圈。

在银幕闪烁的蓝光里，维也纳豪华的宫廷舞会总让我想起安徒生童话里卖火柴的小女孩，让我想起她站在寒冷的街头望着别人家桌子上放着的烤鹅的故事。心里充满爱情的年轻的皇帝和皇后在跳舞，还有什么比这更圆满的事呢？那时，我坐在铮铮作响的弹簧上，希望生活就是这样圆满的。茜茜公主是我生命中第一个将奢华解释为无罪之美的公主，她鼓励着女孩子们用纯洁的心去向往精致的生活，而不觉得自己堕落。她的皇冠，一条又一条大裙子，有时缀着鲜花，有时则是珍珠，有时是沙沙作响的深绿色的绸缎，有时则是镶着白色的花边，她的项链，她的舞厅，她的马车，她的皇宫，她的草坡，她的马车，她的沙发椅，她夹在头发上的白色的钻石和珍珠做成的花形头饰，我都记得。

“你知道，我梦想着能在这里跳舞，穿着茜茜公主的那条缀珍珠的长裙子，戴着皇冠。”乔伊轻声说，端正地仰着下颌，那就是茜茜公主出现在舞会上，戴着她的皇冠时的样子。

茜茜公主在这里，戴着她的皇冠，站在那里，决定邀请安德拉希伯爵跳舞，来挽回皇太后对匈牙利人的侮辱。茜茜很爱匈牙利，她要让那地方的人民能生活得安宁、自由、幸福和富裕。对她来说，跳这支舞就是一场战斗。

“她很优雅，也很勇敢。”我说。

“要是我是她，我也会这样勇敢的。”乔伊肯定地说。

“真的？”我看着乔伊，她怎么能这样肯定呢？

乔伊坦白地望着我的眼睛，说：“我从来就知道自己是个正直和勇敢的人。”乔伊的眼睛是蔚蓝色的，干净的，诚挚的。

我说：“我也梦想在这里跳舞，不过，我想做的是内奈，她的姐姐，而不是她。”内奈因为没能嫁给弗兰茨，十分伤心。

“我真想在这里跳一支舞啊。”乔伊轻声叹息道。

“你还有机会，而我，永远没有机会了。”我说。

“不要这样悲观，你不记得茜茜公主在电影里说过的话了吗？上帝在这里关上了门，就会在那里开一扇窗。也许我们在这里不能跳舞，但也许在美泉宫就可以了。”乔伊将手放在我的手背上，紧紧地握了握。

2001年秋天的某个午夜，从哈维卡咖啡馆出来，我穿过米开莱厢宫的巴洛克大铁门，穿过皇宫的院落，搭大众剧院站的电车回去睡觉。阿玛利亚城堡一侧的房子里灯火通明，那些灯火照亮了城堡中央的弗兰茨一世皇帝塑像。对维也纳来说，弗兰茨曾是一个暴君，人民恨他，但也是个用功的皇帝，他在位的时候，维也纳成为一个精致无比的首都，世事变迁，但那享乐的气氛一直保留到了今天。今天，那些灯光不是弗兰茨皇帝的，也不是茜茜公主的，即使她成为伊丽莎白皇后以后，曾在这里住过。那些喧闹的灯光是为旅游者们点亮的。

从1992年我第一次看到阿玛利亚城堡，到2001年，我先后三次到维也纳来，每次在维也纳的皇宫附近，总能看到穿着伊丽莎白皇后时代的旧式礼服、戴着羊皮假发的人向旅游者派发皇宫舞会的节目单，节目单上当然印着伊丽莎白皇后珠光宝气，但清纯可人的画像。这是维也纳著名的旅游节目，亲历一场在阿玛利亚城堡举行的维也纳宫廷舞会。我总听到神情惶惑的旅游者对衣冠楚楚的人说："哎呀，我没有带舞会的衣服。"那声音里多少有点受宠若惊。衣冠楚楚者便彬彬有礼、亲热地解释说："没关系，你仍旧可以参加，如果你喜欢的话。"维也纳宫廷的盛大舞会现在是用这样的方式继续着。

那些灯光明亮，人声和音乐声依稀可辨的窗子，令我想起乔伊，我猜想就是她现在在这里，也不会去参加这样一个"Night Tour"的吧，即使她那么想在那里跳一支舞。1992年的一个下细雪的早上，我们在小旅店门口互道珍重，她背着蓝色的大背囊消失在外面的街道上，从此也在我的生活中消失了。旅伴就是这样的。但我还是知道她的口味如何。

旅游者舞会的灯光衬托着哈布斯堡皇宫的寥廓和黯淡，如同在一头死狮子身边热闹的舞狮。城堡墙上，巴洛克的塔楼上，带有月相的太阳钟还在计算着时间。九年前的一个清晨，我和长着一根浪漫长鼻子的乔伊来参观皇宫，是因为不愿意别的旅游者身上行乐的热气干扰了我们心里的幻想。他们要占用，而我们则要追寻，那是不同的。但是，这些年，乔伊知道了更多伊丽莎白皇后的事吗？她其实一点也不喜欢维也纳宫廷的舞会，她常常在去舞会以前哭出来，因为那些贵夫人和贵族小姐一直嘲笑她的舞姿，嘲笑她的裙子和首饰不够气派。茜茜公主与维也纳皇宫之间的对立始终没有和解过。在维也纳图书馆的书里，我读到过这些，在阅览室的翻动纸页的索索声中嗒然若丧。我很熟悉地承受着它，那是当幻想遇到现实之后的正常反应，就像青霉素过敏的我，在胳膊内侧总会留下皮下试验后的一大块肿痛的红疹子。我猜想乔伊也会这样的。

走在月光呖呖的暗影里，我看了一眼那些黑暗的窗子，伊丽莎白皇后会住在哪几扇窗子后面呢？我想象她站在没点灯的窗子后若有所思。她年轻的时候，因为安德拉希伯爵表白了对她的爱，她便马上避回到维也纳。在离开她热爱的匈牙利，而且意识到她将要有很长一段时间不能再到匈牙利的时候，她也站在匈牙利宫殿的修长窗子前若有所思。在这样一个午夜，她独自一个人，望着窗外，阿玛利亚城堡里除了青铜雕像，没有一棵树，一滴水。这时她会想什么？

慕尼黑的海伦娜说过，茜茜其实是个很难处的女人，她与施耐德扮演的快乐的茜茜根本就是两个人。她从小就忧郁，动不动就流泪。她的生活一直都是不幸的，小时候她深受父母不和的影响，长大以后，她自己的婚姻也是不幸的。她真实的生活远不像电影里的那么完美，而更像是电影里那个匈牙利的吉卜赛算命者说的：这个女人厄运缠身。

我不爱听海伦娜的话，我看到她说这话的时候，脸上有种揭露的恶意。她自己是个忧郁的前小学历史教师，她自己过着乏味和怨怼的生活而无法自拔，所以她也不想看到别人有美好的人生。她没有茜茜公主的善。海伦娜穿着家常针织上衣，靠在厨房门框上，手里握着本英德词典，准备遇到英文卡壳的时候翻词典，她一定要纠正我，好像不这么着，我的历史考试就要不及格。她的笑容里夹着狰狞和不甘，就像面包里夹着火腿肉和白脱那样般配。

我不爱听她的话，但并没怀疑过她说的。电影里那个快乐的湖畔的大家庭，恩爱的父母，欢腾的挂着巴伐利亚旗帜的大房子里的生活，原来是假装的。那些美好的人和事，原来都是假装的。

伊丽莎白皇后的一生的确不幸，她与皇帝之间的爱情由于宫廷生活给她带来的压力而荡然无存，她的第一个孩子幼小的时候病死在她怀里，因为她执意与皇太后争夺孩子，将幼小的孩子带去匈牙利旅行。她的独子成人后死于自杀，因为她将自己对宫廷生活的厌恶和对哈布斯堡王朝统治方式的反感传给了王储，使他不能接受自己将要成为皇帝的未来。她被指责为一个不称职的母亲和妻子，她将一生都消磨在不断的匿名旅行中，因为她受不了维也纳，而她终于在旅途中死于被刺。她好像预感到了这样的结局，或者说等着这样的结局，在最后一次旅行中，她说："我希望我的心能开一个小口，好让我的灵魂飞往天国。"她的心脏果然被刺客的匕首刺开了一个小口子，她果然死于这个小口子。

在这些窗子中的某一个银色的大厅里，我看到过伊丽莎白皇后和弗兰茨皇帝在1865年时的画像。她一如电影里的那样美丽，白色大裙子，浓密的栗色头发上装饰着和电影里一样的白色饰物，她脸上有种阴郁的阴影，印证了海伦娜的话，甚至她长得有点像海伦娜，她们都有某种巴伐利亚的面部特征。但我却只能靠那身红白相间的奥地利陆军元帅服认出弗兰茨皇帝，电影里他是个年轻英俊的皇帝，而画像上，他成了一个长得十分古怪而且忧愁的红胡子细高个男人，有种火鸡啄食时的紧张表情。这也印证了海伦娜的话。我知道，那都是生活的真实印记。

如果我远远离开维也纳，我也许可以像乔伊那样保全幻想。但我没有，我来了一次又一次，本来我也是想在维也纳行乐的，把玩维也纳无所不在的华丽的感伤气氛，是我喜欢的。但那些真实的印记最终像潮湿的空气终于将本来松脆的小松饼受潮变味一样，使我20世纪80年代完美的茜茜，变成了1898年死于一个无政府主义者之手的伊丽莎白。

这一次在维也纳，有许多空闲时间，我的朋友带我去参加翻译协会组织的公园文学朗读会。住在维也纳的各国作家，在大众公园的特塞奥神庙前面的空地上，用母语朗诵自己的作品。一个像弗兰茨皇帝那样细高个的英国诗人朗诵了他朴素无华的短诗，关于告别的。他写，与自己喜爱的人告别，总是让他不知所措，不知道要说什么，是否应该拥抱，或者应该握手，因为要告别，所以不知道怎么办。我坐在折叠椅上，握着我的书，我也得用中文去读一小段我的小说。他朗读的声音像风一样刮进我心里。这座公园的一角，有一尊伊丽莎白皇后的白色雕像，为了纪念她悲剧性的死亡。我总看到成群结队的中国人，穿着统一缝制的西装，挂着日本产的小巧照相机，到那里去留影。那些人与我年龄相仿，面露惊喜，每个人都以高中生那样腼腆的姿态，笔直地站在雕像旁边。我没有这样做，我也想这样做的，有时我在那被绿树衬托的白色雕像前走来走去，但不能。我想，是因为诗中表达的不知所措在我心里阻止了我。伊丽莎白皇后是归还到真实的生活中去了，但我仍旧不能对她泰然处之，就像我的欧洲。我不知所措。

礼拜天傍晚，我去圣奥古斯丁教堂听管风琴音乐会。电影里，茜茜公主白色的婚纱长长地拖在圣奥古斯丁教堂地上，管风琴发出巨大的轰鸣声，她心爱的皇帝穿着陆军元帅的礼服，风度翩翩，等在红地毯的尽头，一座精美的巴洛克主祭坛前。维也纳的皇家婚礼总是在这里举行的，但谁也没有他们的婚礼这样十全十美，他们真诚地爱着对方。一万五千支蜡烛照亮了整座教堂，年轻英俊的皇帝与美丽善良的公主结婚了，他们从此过着相亲相爱的生活，如同童话最常用的结尾。傍晚时他们走出教堂，人民欢呼声雷动，他们为人们圆了一个极乐世界的梦想。

我坐在教堂的右侧，能隐约闻到罗雷托祭坛上白色玫瑰的香气，那里是皇家心脏安息所的入口处，许多哈布斯堡皇室成员的心脏都保存在那里的银罐子里。庆幸的是，伊丽莎白皇后的心脏没有在这里，她保留了完整的身体，最后一次反抗成功了，她的心安息在自己的身体里。

管风琴的声音一直冲向哥特式的顶端，带着宗教对人心照拂的庄严。但他们的心并没有被照拂好。伊丽莎白皇后不能适应宫廷生活，这种强烈的不适应使她变得很麻烦，她一定以为皇帝会帮助她的——既然他爱她，但皇帝不能。皇帝以为她应该来照顾他，他正为国家和疆域焦头烂额。婚姻中的男女都是这样的，不光只会发生在皇帝和皇后之间。她因为失望而变得冷漠，她以为这样会引起他的注意和警惕，但他因为苦恼而投入其他女人的怀抱。他们是有爱情的，但这爱情促使他们分离，这便是伊丽莎白皇后开始常年旅行的理由，她必须得去呼吸新鲜空气——如果不可追求新的生活。孤独的、终生处于忧患之中的皇帝常年写着情书，他还爱着皇后。皇后努力成全他的感情需要，为了能让他的情人自由出入皇宫，她将他的情人升格为“皇后的女友”，她亲自调解情人之间的矛盾，邀请她参加皇帝和皇后的旅行，我想，这是因为她也还爱着他，不忍心看他孤独。这种爱算是深厚，但事情就这样越来越糟，越来越不自然，成为一个不为人知的悲剧。他和她，都需要对方的爱，他们结了婚，有了孩子，但他们却没有真正得到自己所需要的那种爱。即使他们在这样一个美丽的教堂结婚，即使他们在结婚时充满了爱情，都不足以抵抗生活本身的轨迹，生活朝着自己的方向诚笃地走着，它带来多少欢笑，就带来多少悲伤。海伦娜飞快地翻着德英词典，告诉我关于伊丽莎白皇后的真实故事，她急切的样子，让我觉得她像是要倾诉什么比故事更重要的事情。“你应该明白那情形。”她总这样强调说。她的喉咙因为吸烟太多而变得沙哑。

生活也是真的，但不是那样的真；生活也是美的，但不是那样的美；生活也是善的，但不是那样的善。幻想和现实之间，就是相差了这样微妙而致命的、令人感伤的距离。

这是一个精美而得体的教堂，不像维也纳其他地方的巴洛克教堂那样富丽到喧嚣，终于显露出一派挥霍的粗鲁。这里的东西不多，但是一个祭坛、一尊天使，样样都恰到好处。这里仍旧保留着婚礼教堂的雅致和甜美，还有青春的轻盈，坐在里面很舒服。这是公主们的婚礼遗留下来的。我想着伊丽莎白皇后和弗兰茨皇帝。也许正因为生活中没有这样的十全十美，人们才在电影里努力将它篡改成美的，这种篡改就是为了躲避生活的真相。谁都想躲避那种真相，甜美的电影就像索密痛药片。只是我的避难所让海伦娜愤怒和嫉妒，就像我把欧洲想象成天堂那样让她愤怒。她有一张椭圆的脸，褐色的细长眼睛，她的上嘴唇也像茜茜画像上的一样轻轻罩着下唇，巴伐利亚的女人常常长着这样的嘴唇。她恼怒的时候就缩着她的上嘴唇，看起来，像茜茜在向我发怒。

我忘了是哪一年，1996年或者1997年，在柏林洪堡大学附近的旧书摊上，芭芭拉招呼我过去看一本旧书，她长着东普鲁士人的脸，有快活的灰眼睛。她拿着一本红色封面的卡尔汉斯·伯恩的传记，他是扮演弗兰茨的电影演员。芭芭拉举起那本带有照片的传记，说："来看你喜欢的皇帝。"我看到了一张消瘦的、衰老的脸，虽然上面有着我在电影里很熟悉了的笑容，虽然他还是比银色大厅里的皇帝肖像要好看，我的心还是忽悠了一下：他竟然会老成这样。

"他去世了。"芭芭拉紧接着温和而坚决地告诉我。她是我在德国最好的朋友，常常像教孩子游泳的母亲那样，原谅着我对真实欧洲的惊恐、失望、回避、怨恨，保护着我原先的喜爱、好奇和诗意，将我引导去认识欧洲真实的面容。我总是记得，在我和她第一次晚上去喝了浓缩咖啡，我被咖啡因搅得彻夜不能眠。深夜，她从柜子里取出一瓶从意大利带回来的红葡萄酒，穿着她的红色毛巾睡袍，说："我们可以喝葡萄酒，度过一个畅谈之夜。我在北欧过夏天的时候，白夜让人很兴奋，我们常常说话，喝酒，直到清晨，痛快极了。"我们在芭芭拉的客厅里喝酒，她向放在柜子上的她丈夫的遗像举了举酒杯，好像举起一朵盛开的红玫瑰。她有一个很相爱的丈夫，她的丈夫打排球时突然倒地而亡，那一年她五十岁。从此她独自一人生活。她从不回避，但也从不抱怨，当接受事实的时候，她很顺从，却不悲观。她常常说，因为我喜欢古老和浪漫的地方，她要去嫁一个继承了城堡的男人，为了让我来欧洲时可以住在一个城堡里。

是的，扮演伊丽莎白的施耐德也去世了，1982年我大学毕业时，中国报纸上专门报道过她的逝世。记得那时我并没有特别的震惊，那个十全十美的故事到底是个比童话还要遥远的传奇。但自从海伦娜告诉了我那些事以后，伊丽莎白和弗兰茨就好像变成了施耐德与伯恩的影子一样，让他们成了真实的人，而不是没有影子的仙人。现在，这个面容忧伤的男演员也去世了。我好像刚刚醒悟过来，连扮演伊丽莎白和弗兰茨的演员都去世了。原来世上万物都在生生灭灭，不光是我失去了年轻时代的理直气壮，不光是伊丽莎白和弗兰茨的故事终于露出了生活沉重的真相，即使电影里精心修饰的才子佳人，也终老了。

"事情就是这样的，它没做错什么。"芭芭拉说，"你总不能为了自己的幻想不许他去世呀。”

我被她逗乐了：“是的，不能。”

在圣奥古斯丁教堂的音乐声里，他们四个人的脸在我眼前一一浮现，伊丽莎白和弗兰茨，施耐德和伯恩，我望着他们，心里有种慈悲，雾腾腾地升了起来。

离圣奥古斯丁教堂不远，是卡普其尼教堂。圣奥古斯丁教堂保存着哈布斯堡皇室成员的心脏，卡普其尼教堂的地下室里，则保存着他们的棺材，那里是皇室的墓地。弗兰茨一家经历了个人漫长的不幸生活以后，在这里终于团圆。鲁道夫第一个住了进来，接着是伊丽莎白，最后，是疲惫不堪的弗兰茨。在属于他们一家的墓室里，放着弗兰茨，伊丽莎白和鲁道夫的三具石棺。在墓室中央的石头花坛里，放着一大束红玫瑰，我想这是谁带来献给伊丽莎白皇后的，电影里，施耐德告诉伯恩，她最喜欢的是红玫瑰。我想，送花的人，也应该是看过电影的。伊丽莎白生第一个小公主的时候，皇太后就已经说过，如果是公主，就叫索菲；如果是王子，就叫鲁道夫。自杀了的王储，就是那个鲁道夫。

伊丽莎白皇后躺在阴沉华丽的哈布斯堡王室的石棺里。她从小就幻想着死亡，她渴望死亡带来的宁静。年轻时，她曾希望自己能埋葬在蓝色的水边，那是她热爱的地方。但在鲁道夫死后，她就不再挑剔埋葬在什么地方了，只想赶快能和儿子在一起。她说过：“我多么希望能够躺在那儿的一个舒适、宽敞的棺木之中，独享宁静。只要有宁静就够了，别的任何东西我都不需要。”我为她仔细打量了棺木，是的，那是舒适、宽敞的棺木，四周的几十个石棺都是舒适宽敞的，只是有太多的族徽和雕刻，有点烦琐，就像维也纳皇宫的风格。

这个地下的墓室虽然有种夏天残留下来的令人窒息的暖气，那些充满装饰的巨大石棺是阴沉的，但这里还是有着安息的气息。这里的皇帝和皇后们，皇储和公主们，生前都过着惊涛骇浪般的生活，他们未必不希望自己能够有安息。鲁道夫一定希望能够永远回避生活中不可回避的矛盾，总是漂泊在旅途中的伊丽莎白皇后也等待着结束旅行的那一天。书上说，当凶手刺伤她的时候，她默默回头看了他一眼，就倒下了，甚至没有显露出什么痛苦。然后，她站起来，有人为她掸去裙子上的浮尘，她向不远处的湖边走去，然后倒下。弗兰茨的棺木在墓室的中央，他是一家之主。但是他是那个被家人遗弃的一家之主。鲁道夫死了，他失去了继承人。伊丽莎白皇后死了，他失去了真正爱的那个女人。而他还要为国家而工作，还要再次寻找他的继承人和他的女人。但他的继承人再次被暗杀，这次暗杀导致了第一次世界大战，他还要应付战争。他死于战时。其实能够安息，真是很多人悄悄在心里盼望的归宿。也许这就是墓地常常分外安详、令人流连的原因，无论怎样的人生，总是有些解不开的死结，有些致命的缺陷，死亡终于将人从那样的人生中解脱出来。

如今，他们的墓室静静匍匐于一隅，我为他们松了一口气。唯一让我感到不适的，是新鲜玫瑰在墓室稀薄的空气里散发出的气味，它的芳香全然没有在罗雷托祭坛上的微甜和轻盈，而更像是一种腐烂的气味，让人想到清水里烂成一缕缕的淡绿色的枝条。任何多愁善感的红玫瑰，都不适合这里，它是一种打扰，它放在黝黯棺盖上的样子，试图表现出唯美主义的感伤，但这也是不适当的。在电影里，新婚的伊丽莎白皇后，从皇宫花园里剪了一大捧红玫瑰走进她丈夫的办公室里，在皇帝接见公使之前的几分钟里，将办公室里本来供着的一大把黄玫瑰换了下来。作为中文系的学生，我那时就知道，这个细节是为了呼应订婚舞会上皇帝送给公主的一整篮红玫瑰。此刻墓室里的红玫瑰也是一个呼应的细节，但这样的细节太没有张力，简直是对他们沉默在石头里面的痛苦一厢情愿的粉饰。

离开墓室的时候，我经过管理墓室的老太太身边，我忍不住对她抱怨："那些花的气味真让人喘不过气来。"

她理解地点着头说："哦，是的，有花粉过敏症的人经常这样抱怨。"

从墓室出来，对面是莫扎特咖啡馆。下午的时候，咖啡馆里没什么人。我进去要了牛奶咖啡，用蓝色的大碗装着的，热热地喝了一口，一直暖到肚子深处。我的手被团团的咖啡碗温暖着，维也纳的咖啡香得让人不安，里面加了奶，奶香就像刀壳一样将咖啡锐利的香裹住了，那才是好咖啡。伊丽莎白与她的第一个小孩玩过家家的时候，曾温柔地对小孩子说："来，咖啡，牛奶，再来点糖，啊，你煮的咖啡真好喝。"我总要在咖啡里放糖，大概就是在没喝过咖啡的时候，先听到了这样的台词。在那散发着溶化的糖和牛奶的香气里，我一一与他们大家，伊丽莎白，弗兰茨，施耐德，伯恩，道了永别。然后，我要了一块核桃可可蛋糕，蛋糕和牛奶咖啡，是维也纳咖啡馆里最普遍的下午点心。奥地利的蛋糕结实极了，重重地堆积在胃里，让我想起多年以前在施塔恩贝格湖边吃过的热带香蕉。

生活真是奇妙。我从没想到过，当我再一次来维也纳的时候，竟然就住在美泉宫后面的绿树成荫的荣耀路上。荣耀路的四周是一栋接一栋的旧式别墅，巴洛克的黑色镂花铁门静静闭合着，不知道哪一栋是当年弗兰茨皇帝肉体情人的房子。他常常在清晨时从美泉宫溜出来，到情人家放松一下自己的肉体，早上再溜回宫里的办公室，面对焦头烂额的国家大事。在那里，“他坚定而又孤寂地独守高位，从来不尝试着与他的人民建立联系，也从来没有做过任何努力去争取人民的心。”书上这样描绘美泉宫的皇帝。他出生在这里，一生中大部分时间都在这里工作和生活，他是个尽职的皇帝，但未必就不是个悲剧性的、绝望的皇帝。现在想起来，他的故事里有一种男人隐忍的哀伤。

美泉宫是茜茜公主初到维也纳时见到的第一个宫殿，它那一千多间华贵铺张的房间吓住了茜茜，“墙壁上的几百扇窗户像是几百只冷漠而又好奇的眼睛在观察着自己”，关于茜茜公主的传记描绘了十五岁的皇后第一次看到美泉宫的感受。离开马车的时候，她头上的皇冠被车篷挡了一下，她差点摔倒。而那些布满金框大镜子的疯狂的巴洛克房间却没有吓住过我，我从前一直以为茜茜就应该在这样的房间里，戴着闪闪发光的皇冠，像鸟儿一样飞来飞去。在那里我看见了电影里的舞会大厅，天棚上画满了精美的湿壁画，内奈公主和弗兰茨在那里跳舞。乔伊多年以前在霍夫堡时对我提起过，也许我们可以在这里跳舞，茜茜在圆舞曲中旋转的样子飘飘欲仙，带着皇后娇柔的霸气，那曾是我们的梦想。但在传记里，茜茜却常常是含着委屈的眼泪旋转的，因为维也纳贵族坚持认为她的舞姿没有教养，她的服装也没有气派，她是个好运气的巴伐利亚乡下人，“皇宫里到处都是不友善的人”。

茜茜不喜欢这里。而我几乎每天都会到美泉宫来。来散步，来看植物园的玫瑰，有时将午饭也带到这里来吃，将正在写的小说也带到这里来修改。我喜欢宫殿后面的树林和林中空地，那里寂静无声，保持着皇家园林的修饰，我喜欢适度修饰过的自然。坐在那里，可以听到醋栗树的果实落到地上的声音，褐色的新鲜醋栗，在砂石路上躺着，光滑漂亮，我常常将它们装在自己的口袋里，满满的一口袋。欧洲小说里常常提到它。我喜欢坐在树下遥望黄色的大宫殿，在心里慢慢分析一个不幸的皇帝，和一个不幸的皇后，还有他们不幸的孩子，以及整个不幸的王朝。望着那巴洛克的大宫殿，我好像能看见卡普其尼教堂墓室里他们黑色的石棺，狭长的窗子一排排地在蓝色晴空下闪光，他们的黑色石棺上散落着散发令人窒息的气味的玫瑰。我对他们仍旧抱有兴趣，甚至在柏林买了一本讽刺哈布斯堡王朝与外族联姻来保全自己的童话书，即使在那本出现了很多灰绿色的世纪初的建筑和街道的图画书里，他们化身为维也纳的兔子家族，我还是对它抱有某种凭吊般的兴趣。

它高坡上的雕像突然照亮了我的记忆，让我再次闻到新光电影院那已经消失在二流餐馆和三流旅店的放映厅的气味，那是对一个安定、自由、幸福和富裕的世界充满幻想的气味，是心甘情愿地接受经过伪装的幸福感情的幻想的气味。那就是20世纪80年代的气息，冰雪初融，大地回春，四处沉浮着不切实际的梦想。直到现在，我才体会到，我经历过一个极少数适合梦想生长的年代，它那么单纯，那么懵懂，那么强烈地企图重建古典的准则，又那么强烈地追求现代的自由，它犹如一个少年，热血沸腾地梦想着伊甸园般的生活。我在那个飘飘欲仙的时代里度过自己的青春，我原来是这样一个幸运的人。

现在，新光电影院仍旧在窄小陈旧的宁波路上，1929年的那些矮小房子还是歪歪倒倒地围绕着它。我记忆里面辉煌的大门和前厅，如今已经被改造成了一系列用铝合金与玻璃装饰的廉价小商店。原来1300个座位上满满坐着中文系师生的放映厅，被饭店和旅馆占去了大半空间以后，只剩下一个350个座位的放映厅了。现在在这里上演的，是香港和美国好莱坞的流行电影，它如今已经变成一个潦倒的小电影院。原先门厅中央进入放映厅的古典的V形楼梯，现在也只剩下右侧的一半。

但它在宁波路的十字路口上，还是保留了原先的那种做梦的表情。

在美泉宫的下午，我常常在美女泉对面的醋栗树下写日记。有时，我也想起宁波路上的老电影院，它的衰老，就像垂垂老矣的波恩先生的照片。而它被毫不相干的小房子包围的样子，就像我年轻时代对世界和人生的理想被重重围困的样子。我知道他们都会继续老下去的，甚至新光电影院都要在新一轮改造中，缩小成只有100个座位的小电影院了，但由那个电影院带来的所有的一切都还活着，我发现自己心里的极乐世界还悄然闪烁光芒，如同镜子大厅里无穷的反射与交相辉映。事实并没有打消它，而是将它变成纯粹的幻想，与现实生活撇清了干系。有时我远远地在喷泉那儿望着这淡黄色的巴洛克宫殿，墙壁上那几百扇紧闭着的窗子在阳光下闪闪发光，我自己的茜茜在窗子后面痛苦着，快乐着，我自己的公主的故事在窗子后面交织着现实与幻想。这就是我终于建立起来的，我的欧洲。闻一闻，里面到处都是梦想的气味。顺着它，一路就能走回80年代，我的大学时代。

在维也纳，我的一班女朋友差不多都是以翻译小说为生的人，住小公寓，喝酒，晚上泡咖啡馆，宁可没钱，也只肯做自由职业者，挑剔。全都喜欢翻译80年代的作品，无论是哪个语种。我们常常想象要找一个空闲的晚上，一起做饭吃，我可以做德国冷肉丸子，翻译西班牙小说的人可以做海鲜饭，翻译俄罗斯小说的人说可以做纯正俄罗斯的红焖牛肉，而翻译中国文学的人则做春卷，她理所当然的样子，简直就不怕在我面前会显得太班门弄斧。好像每个人乐于表现自己身上混合的另一种东西。但最后，大家还是从我公寓里出去，一起到美泉宫散步。

散步时我们讲到翻译时的苦恼，全世界的翻译都在“信、达、雅”中受着煎熬，常常恨不得修改原作，但也常常被自己这个挥之不去的越轨念头吓住了。

“其实，这是一种占有另一种自己热爱的文化和人生的潜意识。”一个人的脸上出现了弗洛伊德的神秘表情，她像照片上的弗洛伊德那样微微斜着眼睛，射出锐利的眼神，“我内心常常充满冲动，要将另一种文化，另一个世界变成自己的。这样做，既不‘信’，也不‘达’，这不是翻译，而是在做一种供个人娱乐心灵的游戏。”她是个西班牙语的翻译，说话的时候耸肩，摆手，将手指撮在一起强调语气，比一般维也纳人多了不少灵活和放纵。

“等等，你说什么？”我吃了一惊。这不就是我嘛。

“她在说，作为一个小说翻译，在另一种自己衷心热爱的文化中由衷地迷惑。”克劳迪亚对我解释说。她是俄文翻译，每年夏天都去俄罗斯休假，她厨房的音响里永远放着苏联解体前夕的音乐，那些歌曲有古典的旋律和对将要到来的自由优美的向往，甚至她的眼角也生得像俄罗斯女子那样微微向下倾斜着，如托尔斯泰描写的那样。她伸手在我们大家的头顶上遥遥画了一个圈，说：“我们可不都是这种人。”

我们在泉水边合影，纷纷将自己的照相机交到一个东欧来的游客手里，请他帮忙照相。我笑嘻嘻地告诉他，自己是德国人；那西班牙语的小说翻译告诉他，自己是西班牙人；俄罗斯小说翻译告诉他，自己是俄罗斯人；我的翻译告诉他，她是中国人，她瞪着一副蓝眼睛认真地对他说中文，来证明自己的真实性。那个东欧人转过头来问我："她说的可是真的中文？怎么我听着像日文。"

我证明说："她甚至有标准的四声和一个中国男朋友。"中国80年代最好的文学作品，是她博士论文的题目，这个题目，她一作就是七年。

她连忙纠正我："是前男友。"她那顶真的样子，完全是说德语长大的人才会有的对精微时态的态度。

眼看到我们两个人被巧妙地戳穿，俄罗斯小说翻译开始对他说俄文，她身上维也纳人的风雅刹那间被俄罗斯女人的艳丽代替了，她的声音里出现了加了弱音器的小提琴般的鼻音，即使奥地利的银行都不肯给她放贷款买房子，她还是每年要在俄罗斯过几个月的夏天长假，才肯回维也纳来工作。即使因为二战以后，苏军在奥地利的土地上做了不少坏事，奥地利人普遍都不喜欢苏联人，她还是从小就莫名地喜爱一切来自于俄罗斯的东西，长大以后，使自己成为一个俄罗斯小说的翻译者。她最好的朋友都在俄罗斯。

"我也许可以相信你是俄罗斯人。"那个拿着我们所有人照相机的人有些糊涂了。

"还有我呢。"翻译西班牙小说的人对他眨眨左眼。

那人摇着头笑，说："好吧，那我就是奥地利人。"

“你这是何苦呢。”我们纷纷劝慰着他，并从他手里取回自己的照相机。

我们在林荫大道上继续走着，刚刚的玩笑让我们都感觉愉快。

在伊丽莎白最小的女儿的回忆中，她不得不有时陪着父母和父亲的情人一起在这里散步，她感觉十分尴尬，但伊丽莎白皇后却乐此不疲。醋栗在秋风中劈劈啪啪地落下，好像就是那四个人散步的声音。

第三章

樱桃树下爱与弗

图 27
樱桃树下。

图 28

年轻黑发的神父正在练习一首巴赫的管风琴曲。

图29
圣母马利亚在天主教堂里的证件照。

图 30

天使等待的，与爱与弗一样。

图 31
蔷薇什么都不知道。

图32
有人将要这样非常古老地让爱情结果。

图 33

钟声证明上帝正在他的天堂里。

人们在此地相见，彼此问候时不说日安，而是互道：上帝好。

图 34
云在无声而遥远地飞奔。

图 35
完美才是真的走投无路。

“你愿意下来和我们一起吃午饭吗?”海伦娜中午时分上来敲门,她身上带着一股烤肉咸咸的香味,“礼拜天中午,从教堂回来,我们家的午餐最正式。”她说。

我是海伦娜和伯恩海德家阁楼的租客。那房子在慕尼黑郊区的中产阶级住宅区里,从我阁楼的窗子望出去,绿色树梢之上,能看到一个小天主教堂青铜色的洋葱顶,顶端有一个金灿灿的雄鸡风向标,在从意大利吹过来的暖风里缓缓旋转。礼拜天一早,就能听到教堂的响亮钟声,咣当,咣当地召唤着。我在慕尼黑度过的第一个早晨就是个礼拜天,经历了时空混乱的长途飞行,被响亮的天主教钟声唤醒,睁开眼睛,突然看到钟声荡漾的、阳光灿烂的晴空,金光四射的蓝天,让我想到巴洛克教堂主祭坛上的金光和教堂湿壁画里描绘的天堂。它们通常布满教堂的整个天庭,带着巴洛克音乐般的繁复与均衡,血色鲜丽,娇艳欲滴的仙女们裙裾飘飘,在蓝天上向上腾升。我想,那天堂的颜色就是以巴伐利亚的蓝天为蓝本的,在多云的亚热带生活的我,不能想象世间有这样晴朗的、庄严的蓝天。

海伦娜站在我满屋子的阳光里,像曝光过度的底片里的人那样苍白和模糊。

底楼的餐室是巴伐利亚式的,用了许多木头。墙上挂着木头钟,正点的时候,钟上的木头小门就乓地打开,出来一个啄木鸟,笃笃笃地报时。墙上的架子上,陈列着祖传的古老瓷器,加银盖的陶瓷啤酒杯和刻有宁芬堡宫风景的锡盘。餐椅环绕着一个角落,厚厚的淡黄色木头靠背上刻着心形的花纹，那是巴伐利亚十月节糖姜饼的形状。

餐室里充满了烤肉和香料暖洋洋的气味。

海伦娜家的人都已经坐好了，他们直着背，双手放在桌上，向我庄严地微笑，像一张旧艺术博物馆里收藏的十八世纪末的油画里的情景。眉毛长长地翻卷上去，像一头熊似的，是主人伯恩海德。他们的大女儿克劳笛亚，是金发碧眼的女孩，她看上去更像她的妈妈。他们的小女儿安娜则是棕色的头发和眼睛，脸也更宽，更像她的爸爸。

吃饭前，大家将手握在一起，做餐前祈祷。伯恩海德向我解释说，他们感谢上帝照顾他们，赐予他们好吃的食物。祈祷结束后，气氛活泼起来。我们吃烤猪蹄和土豆球，喝加了柠檬汁的淡啤酒。我知道，那是茜茜公主在维也纳最想念的家乡食物。

“啊哈，茜茜！”海伦娜意味深长地笑了笑，“就是伊丽莎白皇后。”

“这是地道的巴伐利亚食物，不光是茜茜，全巴伐利亚的人都喜欢吃。”海伦娜向我递过盛土豆球的盆子来，“礼拜天中午，从教堂回来，吃一顿肉食，这也是巴伐利亚的传统。”

“祝你胃口好！”大家拿起刀叉，齐声颂道。

海伦娜一直观察着我，看到我回望她，她将自己盘子里的土豆球切开，中间有一块小面包块。她将切开的土豆球蘸上烤猪蹄的肉汁，挑在叉子尖上，微笑地看着我：“这样蘸着吃，味道更好。”

这是我在慕尼黑吃到的第一顿巴伐利亚午餐，也是我吃过的最敦实的食物，沉甸甸的肉块，沉甸甸的土豆，黏稠的褐色肉汁。吃东西的时候，他们大多数时间是安静的，专心致志的。将沉重的蓝边白盘子里的食物统统吃光以后，他们从面包篮子里撕一小块黑面包，将盘子里剩下的肉汁都擦干净，也吃了。中间，伯恩海德问我，中国人在吃饭前彼此说什么，类似德国人说“祝你胃口好”。我一时想不起来我们家吃饭前说什么，好像是桌上的长辈先动筷子了，大家就可以开始吃。长辈用他的筷子点着菜说：“来来来，多吃点。”我正在踌躇，看到他庄重缓慢地埋头吃着，并不等待我的回答。我想，他的问题只是为了客套。其实，我很喜欢他们用黑面包细细擦光盘子里肉汁的实在，他们像自己的餐前祈祷那样做了。

海伦娜却什么也没吃，她为我示范而切开的土豆球被分到安娜的盘子里，她盘子里的肉汁被她丈夫擦干净了。她自己像坐在枝头的啄木鸟那样，高高地眺望大家，手指间夹着一把叉。

等大家差不多吃完了，她起身去厨房抱着一大盆加了掼奶油的草莓色拉进来，一手捧着一纸筒冰激凌，另一只手捧了一叠玻璃小碗和小叉小勺。被切成四瓣的草莓散发着强烈的酸甜的芬芳。

一直吃到大家都坐在桌前不想动了，玻璃小碗上残留的奶油和冰激凌很快风干，紧紧地沾在碗上，看上去很是污浊。餐室敞开的窗子外，一股一股地涌进带着花香和被阳光晒暖的树叶气味的熏风，让我想起《威尼斯之死》里面总是提到的西洛克热风。午后的寂静在耳边嗡嗡地响着，微微浮动的暖风在桌面上流动。“咔嗒”一声，厨房里的冰箱启动了，嗡嗡地响。低低的流水声，是洗碗机在过清碗碟。一只杂毛老猫昏昏欲睡地踱进来，向客厅走去。它庄严迟暮，长长的胡须向上翻卷，与伯恩海德的眉毛很是相似。

“比利！”海伦娜叫住它，拿出一个小塑料盒，从里面倒了一粒褐色的药丸扔给老猫，“今天的多种维他命。”她说。

老猫咯吱咯吱地咬着药丸，梦游似的向客厅走去。

“哦，比利。”伯恩海德在它经过他身边的时候沉沉地招呼了它一声，也随着站起来，向客厅走去。下午电视里有德国足球甲级联赛的转播：“和德国大多数男人一样，我也喜欢看足球。”他解释说。

海伦娜笑着盯了他们的背影一眼：“过不了多久，比利就睡着了，他也睡着了，他们两个都会打呼。”他们一前一后，走进客厅。沙发上方的墙上，挂着海伦娜绣的十字绣，佛罗伦萨风格的，两个肥胖的小天使正望着云层下面的人间。天使的脸虽然像通常的天使那样奶胖奶胖的，但他们的表情却有某种厌烦，或者说无聊，最少也是木讷。他们与我想象中的天使的脸不同，但他们确实是最通常的天使脸上的表情，教堂里，博物馆里，画册里，像佛罗伦萨一样，慕尼黑也到处都能看到这样的脸，甚至在寻常人家的客厅里。伯恩海德将横在沙发边的褐色琴凳搬回到墙角的钢琴边，将它靠近钢琴，摆稳当，然后兜头沉入沙发之中。比利也跃了进去。

海伦娜的脸上仍旧保持着笑意，但她的灰眼睛却像玻璃珠一样，带着非肉体的无情。她用那样的透明灰眼睛看着他们在足球场的喧哗声和解说员激昂的，飞快的声音里渐渐睡去。果然，客厅里渐渐传来此起彼伏的鼾声。她将脸转向我，耸了耸眉毛。

“你看足球吗？”我问。

“从来不看，太乏味了。”海伦娜深深地吸了一口烟。孩子们已经离开餐桌了，她开始抽烟。她抽烟的姿势很特别，只是一口一口将香烟吸进，吞下，紧紧撮起嘴唇，好像一个紧紧扎住的布袋子，不见她吐出烟雾来。看她这样吸烟，我才知道我的那些热衷于吸烟的艺术家朋友，实在只是流于姿态。

“我吸烟，”她举举手里的香烟，说，“是我需要减肥。吸烟，喝咖啡，就不感到饿了。”

“但你并不胖。”我打量她，她有一双手指粗糙的手，它们正躺在桌上。手指上能看到一些微微肿起的伤痕，那是德国锯齿刀留下的伤痕。用这样的锯齿刀割破手指，不会出很多血，但伤口却会肿起来，而且保留很长时间。那些手指上，仍旧散发着草莓的芳香。

海伦娜否定道：“不，不。”她拉开餐桌的抽屉，里面放着一些照片和票据，她夹着香烟，找出一张照片明信片来，照片上是她和伯恩海德，戴着自行车头盔，站在阿尔卑斯雪山的某一个山顶十字架前，他们脚下躺着两辆登山自行车。那时她的确胖得不像话，两条腿即使已经分开站着了，可大腿还是紧紧挤在一起，到小腿处才得以分开。“你看，这是安娜离开家，去上小学一年级的时候，那一年我们才有一点空去阿尔卑斯山旅行。”她说，“这张照片不错，我们圣诞节的时候选了这张照片，附在平安信后面，寄给亲友。”照片上，阿尔卑斯山上白雪皑皑，蓝天丽日，但站在十字架和伯恩海德中间的海伦娜，仍旧带着曝光过度的底片上的浮白。

“你现在看上去好多了。”我说。

她耸耸肩：“我再也没吃过巧克力、奶油、烤肉、土豆，我每天为我的家庭做这些，可我自己就像切菜刀，只做，不吃。”

透过客厅的玻璃门，在巴伐利亚式完美的艳阳下，园子里红色和黄色的荷兰郁金香摇摇晃晃地开着，绿草如茵。樱桃树上，吊着一个红色的秋千座，还吊着一个木头做的尖顶小鸟屋，那是为了照顾风雨中无处可躲的小鸟的。海伦娜家的园子整理得规规矩矩，但精神不振，好像没有浇够水似的。海伦娜的家和海伦娜本人，总有什么地方看上去不对劲，像是在结实美观而且舒适的鞋子里有一小块石子，时不时就硌一下脚。这种感觉让我困惑和不快。巴伐利亚是个对自己的美与价值洋洋得意的地方，茜茜公主对家乡的爱使这种自得不容置疑，因此，我更愿意看到一个与巴伐利亚匹配的幸福的女主人。1992年，我非常需要在一个幸福、自由、安宁和富裕的地方喘口气，非常需要证实完美生活的真实存在。而巴伐利亚几乎就为我做到了。

但是，像宁芬宫堡花园里的那些穿蓝色牛仔的德国人那样，巴伐利亚的人再次成为不和谐的部分。

“你的家很漂亮。”我强调说，“很漂亮。”

海伦娜深深地看着我：“你这么想?”她拖着长长的、上升的尾音问道。她张张嘴，起身到架子上将黄封面的德英对照词典取下来，哗哗地翻着，一边嘟囔着，“我的上帝！脑子里的英文全不见了！当年在师范学院，我的第一外语可是英文。我的上帝。”她翻到一处，停下来，将里面的一个词条点给我看，“喏！”

空中花园，美丽而虚幻的事物，非现实的。

我看看词典，看看她那用力点着词条的带着细小伤口的手指，看看她的脸，她的嘴唇倔强地抿成一条细缝，几乎消失在苍白的脸上。实际上，她才让我感到非现实的荒诞，如同在牛奶里放了盐。她倔强地微笑着，或者说用微笑来整理脸上的悻悻然。

那个听着鼾声的下午，她也不高兴，我也不高兴。我们坐在桌边，看花瓶里的红玫瑰在暖风里迅速地开放，然后变得疲惫，然后轻轻地落下它最外面的花瓣，春天里的花朵，生命就这样飞快地消失了。

伯恩海德的鼾声常常响彻整栋房子。我与房东一家合用二楼的厕所，晚上我下楼去洗漱时，常常能听到他的鼾声。海伦娜和伯恩海德的卧室晚上通常不关门，两个女孩子的卧室也是这样。经过二楼小小的过厅去浴室，那里充满了熟睡的温暖肉体和卧具的某种安稳和清洁的香气。晚上气温下降的时候，暖气就启动了。

窗外树影无声地摇曳，室内却是暖意重重。伯恩海德好像透不过气来似的，发出长得不可思议的沉重呼吸声，那鼾声里有种茫然不知的挣扎。那时，海伦娜与伯恩海德的卧室里总是亮着灯，海伦娜还在看书。灯光长长地照进过厅里，一直亮到浴室门上。那灯光有种明确无误的寂寞和不甘，让我想到茨威格的故事。他写的都是些说德文的体面人家的妇女，我一向喜欢他的小说，喜欢看到他小说里的女人们是怎样如烟花那样，在寂寞中爆发出照耀一生的灿烂感情。那些说南部德文的城市的街巷与自然，在我看来，处处都暗藏着惊心动魄的爱情。

我很希望他们能将自己的房门关上。每次经过他们亮着灯，响着呼噜的卧室，看到他们舒适但凋敝的大床，我都感到尴尬，茨威格那些偷情妇女激情澎湃的故事也随之逃得无影无踪。哪里还有深夜的辗转难眠，被情欲所煎熬？哪里还有灼人的秘密？哪里还有说南部德文的体面妇女的孤注一掷？朗朗春夜，海伦娜不愿意关上她卧室的门。

要走进浴室，关上门，打开灯，将海伦娜的灯光阻隔在浴室的毛玻璃外，我才能自如。我不能接受海伦娜家生活中的阴影。她生活得还不安宁吗？还不富裕吗？还不自由吗？但是她还是不幸福，还瞪着她的玻璃眼球，到底要怎样才能幸福呢？我总是对她这样耿耿于怀，也真是奇怪，好像恨铁不成钢的失望，也好像是妒忌，或者是某种憎恨，对我在德国第一个朝夕相处的人抱着这样复杂的感情，真是奇怪。

海伦娜家的浴室，清洁宽大，斜窗大大地泄露着天光，洗澡时能看到漫天的星星。慕尼黑的星光，真像凡·高对他妹妹描绘过的那样，是淡蓝色和淡黄色的，有时甚至有一点粉红。花洒的水洒在肩上，顺脊背痒痒地流下，就像星光在皮肤上汩汩流下。我那样喜欢这个浴室，常常在寂静中，心里高唱“Staring staring night”，在水流下站个半小时是常有的事。在马桶的水箱上，海伦娜贴了一条四格漫画的剪报。漫画里的男人大便以后，用长柄刷刷干净马桶，然后刷自己的屁眼，再用那长柄刷细细地刷自己的牙。海伦娜第一天陪我熟悉浴室时，听我赞美浴室斜窗的时候，就指给我看那张剪报。看到我恶心的样子，她笑出了声。我相信海伦娜对我的感情也不那么简单。

浴室的毛玻璃上，因为海伦娜的灯光而变得金黄。那样的灯光，实在辜负了慕尼黑春夜被上帝看护着似的甜美，那么索然，那么不知所措，那么神经质，真让我想在这里与某人恋爱。如此，我便可以证明海伦娜不快乐是无理的。

每天，我要到十点才去上班，但每天我都很早就醒来。林中的鸟在太阳将要出来的时候叫成一片。楼下清晨的时候就有动静了。先是短促的电话铃声，那是海伦娜在厨房里摆好了给孩子们的早餐，用电话叫她们下楼吃饭。然后，车库的自动门嗡嗡地响，有汽车轮子压过地面的沙沙声，那是她送孩子们上学去了。接着，是伯恩海德在浴室里清理嗓子的声音，他打了一整夜的呼噜，嗓子一定不舒服，每天都得清理半天。然后，汽车轮子又沙沙地响了起来，那是海伦娜送伯恩海德去地铁站。要是沿着小河走，虽然很美，但要15分钟，才能走到地铁站，对提着一只大黑包的市政府公务员来说，不合适。这次出门，房子里要静好久，海伦娜从地铁站回来，总是顺路就去超级市场买东西。等她回来，房子里就会有低低的音乐声和说德文的咝咝声，那是她将厨房里的收音机打开了，要是海伦娜在家，就会一直开着收音机，直到下午孩子们放学回家。

我下去吃早饭的时候，厨房里常常堆满了她刚买回来的东西。孩子们吃的西班牙布丁，脱脂牛奶，荷兰产的无土番茄，各种起司和火腿，土豆，菜头，洋葱和牛肉，带气的矿泉水和高维他命的混合果汁，还有啤酒，以及比利的有利于控制体重的食物和维他命。常常带去的塑料袋不够用，她就现买几个，都是One Penny店里的，那是她向我推荐的便宜的超级市场。新鲜的带有白色面粉的黑面包也是她向我推荐过的，她还警告过我，不要吃太新鲜的，那种面包在新鲜时，会在肠子里发酵，使人不得不一直放屁。我喜欢看到挂着雪白花边的海伦娜的厨房里堆满了五颜六色的食物，灶台和炊具一应俱全，处处闪着清洁的光，空气里飘荡着加了柠檬香精的洗涤剂的气味，那样的厨房象征着一份井然有序的殷实的生活。

这时，海伦娜常常在花园里忙，戴着黄色的胶布手套。有时她种花，有时她修她家的樱桃树和苹果树的杂枝。要是她割草，园子里就充满了草汁的清香。要是她浇水，园子里就会充满清凉的水气，埋在草地里的喷水龙头正在缓缓地转动花洒，向四周浇水，我站在客厅敞开的门口，都能听到草根吸入清水时的吱吱声。

“早上好。”她教我用巴伐利亚的德文问候，实际上，我们说的是“上帝好。”

海伦娜站在明晃晃的阳光里，她的金发扎成了高高的马尾，刘海盖在眼睛上，远看像个高中生。成年的男人和女人在真正衰老以前，都会在某一个瞬间突然看上去非常年轻，像被对面玻璃的反射突然充满阳光的北面房间一样。

“上帝好！”她高声回应我。她笔直站在绿树前的样子，简直像巴伐利亚旅游书上关于民生那一节的广告一样十全十美。

“这园子真好看。”我夸奖。

“是啊。”她四下里望了望，笑着同意，“真的，不得不这样说。”

“绝对的。”我说。

海伦娜的笑容像慕尼黑春天的好天气一样让我心里舒畅。像找到了最后一块拼图的位置，终于，画面完整了。出门去，一路看到铃兰花开了，路边的十字架上有一束鲜花放在耶稣脚下，面包店的老板娘穿着雪白平整的围裙，城堡的护城河里，天鹅慢慢地游过，我高高兴兴地走着，心里想着在上海的旧结婚证书上看到过的八个字：岁月静好，现世安稳。巴伐利亚真是盛产这样卫生谨慎的生活。这地方有种强烈的秩序感和循规蹈矩的快乐，我总是想起人们说，夫妇间的性生活，是上帝允许的快乐。黄昏的时候，空气里充满了被阳光照射一天的树木草地的芳香，通往森林的小河边，常能看到跑步和骑自行车锻炼的人，还有孩子们。安娜和她的朋友们在街上玩踩高跷的游戏，孩子的叫嚷声让安静的街道变得温情和活泼了。结束一天以前，放松自己也该是上帝允许的娱乐。

黄昏的时候，海伦娜总是在厨房里。收音机里还是传出低低的音乐声，烤箱的灯亮着，能看到里面有只叉在铁架子上的鸡，在高温里慢慢转动，散发出融化的脂肪的香气。海伦娜夹着香烟，握着一支儿童彩色笔，在满桌报纸里玩着填字游戏。那年春天，俄罗斯物价飞涨，非洲干旱死了不少人，中国的邓小平发表南方讲话，要打破工人们的铁饭碗。德国报纸对此大加渲染，好像又要政局动荡似的。但这些都与海伦娜没关系，报纸对她来说，最重要的，就是副刊末尾的那些填字游戏。每到正点，收音机里也播报新闻，但对她来说，它们与音乐一样，都是一些陪伴她的声音而已。

海伦娜的眼睛在灯光里变成了蓝色，像蓝色的玻璃珠，“每天的日子都一模一样，是重复的，而且没有尽头。”她突然这样说。她突然起身去餐室的架子上拿来德英词典，翻到某一页，用手指重重地点给我看：“绝对的，不容置疑的。”她说，“绝对的重复，好像在监狱里。”

“没生孩子前，我当过小学的德文老师。巴伐利亚的女人，大多数在结婚以后就回到家里，照顾家庭和孩子。要是我继续工作的话，我们家付的税太高了，还要请人帮助照顾孩子。等于我在为国家的税务局和我家的工人工作，我的工作没有价值。也许中国的法律不这么奇怪，但是，我们德国就是这样。”海伦娜脸上再次出现那种嘲讽似的笑意，“所以我就进了这座美丽的监狱。”

我终于确定，海伦娜是不快乐的主妇。肯定一个人快乐，比肯定一个人痛苦要容易多了。特别是对海伦娜，她的宣告也是一个气球上致命的小洞。我沮丧地耷拉着自己的脸，不知该说什么。

“我打破了你美丽的梦想吧。”海伦娜讥讽地笑着看我，挑衅似的扬起她那强硬的下巴，我能看到她发黑的牙齿。这是德国人里面最自暴自弃的牙齿了。

“没有。”我否定。

“你凭什么要求你看到的东西就得是十全十美的呢？这不公平。”海伦娜不依不饶地追问，手里紧握着词典，“你就是不能那么想，不能那么看世界。你茜茜的电影看多了。”

“那你为什么要求我一定要这么想呢？这才不公平。”她知道我喜欢茜茜，就把茜茜也扯进来，让我生气。我觉得她就是存心让我不开心。我心里想了什么，愿望什么，干她什么事呢？

“你这样想，会给我很大的压力，这是不公平的。”她飞快地翻着词典，送到我面前，“不是‘荣幸’，是‘压力’，你懂得吗！我注意到你们东方人常常R和L不分，这可是两个完全不同的词。你逼迫我表现出十全十美，太愚蠢了。”

她可真把我气疯了。

“这我可帮不上你。”我回说。

晚上，海伦娜破例地没有在厨房和餐室照顾大家吃饭，她的卧室破例掩上了门。我的心咯噔了一下。但伯恩海德和孩子们没有对我怒目而视。伯恩海德对我说：“海伦娜觉得不舒服，因为Fuhn的关系。那是春天从意大利吹过来的一种热风，慕尼黑有许多人会因为热风而头痛。”

孩子们都向我点头。

“是托马斯·曼书里写到的西洛克热风吗？”我问，《威尼斯之死》我喜欢。那时候我还不真正懂得慕尼黑与威尼斯在欧洲人心目中的区别，威尼斯在他们心中的异国感，就是我对慕尼黑所感受到的异国感。威尼斯的浪漫对来自慕尼黑的音乐教授的重要，就是慕尼黑的完美对我的重要。在慕尼黑时，我常常想念《威尼斯之死》。但海伦娜也许等于那个波兰美少年的念头，让我吓了一大跳。

“也许是吧。”伯恩海德犹豫地说，“我没有这么想过。事实上，我没像海伦娜读的书那么多，我没有读过托马斯·曼的小说，虽然他很有名。”

意大利的热风是从非洲吹过来的，慕尼黑的热风是从意大利吹来的。它们都是某种不能抗拒的、致命的东西。

小说里，感染了瘟疫的教授感觉不舒服，但意大利人只说，那是因为西洛克热风的关系。现在，伯恩海德也对我说是因为

Fuhn的关系。

“慕尼黑有许多人都因为Fuhn而头痛。在春天，要是看到一个人不对劲，我们会说，她今天有Fuhn。”伯恩海德继续说。

晚餐后，安娜和克劳迪亚在客厅里练习她们的小提琴和钢琴合奏。女孩子们清净胆怯的琴声在房子里回荡着，春天渐渐地深了，黄昏越来越长，空气里充满了金色夕阳的暖意，它们柔和地在地毯上方浮沉着，充满了Fuhn。

巴赫的乐曲四平八稳地变化着和弦。

海伦娜和伯恩海德，是我在慕尼黑朝夕相处的第一对夫妇，他们家的小床，是我在德国的第一张小床，他们几乎就是我的第一个德国。但是，我还是在合同一到后，马上就搬离他们的家。

离开的时候，园子里的樱桃树开了满树的花，海伦娜倚在树下看我离去。这情形让我突然想起大学时代读过的《等待戈多》的剧本，爱尔特拉冈和弗拉基米尔就是在一棵树下等待戈多的到来。剧本里的树长出了叶子，而海伦娜家的树则开满了花。等待的过程如同被囚禁，那剧本令我压抑得看不下去，完全是因为对西方现代派剧本的强烈好奇和崇拜，还有对自己竟然不能与巴尔扎克以后的西方文学共鸣的不甘心和不相信，才支持我读完那个109页的翻译剧本。那时我痛苦的，是我一点也没找到19世纪欧洲文学给我的美感，《等待戈多》给我的，是个丑陋的世界。我抗拒它。

海伦娜站在开满粉色小花的树下的样子，让我想起了那个剧本，还有阅读时强烈的痛苦，以及想要合卷而去的愿望。那种愿望，这时再次充满了我的心，我也要离开这里。伯恩海德正为我提着衣箱，就像剧本里的幸运儿。因为他不思想，所以他被称为幸运儿。那么我和海伦娜是谁呢？也许我是爱尔特拉冈，一心要胡萝卜吃的人，要是没有胡萝卜，就会苦恼。这样，海伦娜就应该是弗拉基米尔。爱尔特拉冈一说自己做的梦，弗拉基米尔就生气。这慕尼黑中产阶级住宅区的带有花园的房子，就像由克里姆特设计的《等待戈多》的舞台。

“戈多象征着什么呢？”欧洲文学史课上，我们年轻的欧洲现代文学老师提出这个问题，作为开始荒诞派戏剧这一章的开场白。老师穿着一件皱巴巴的白色隐条的的确良衬衫，将双手撑在讲台上，双肩窄窄地隆起，像一只瘦弱的鸽子。那个时代的年轻男人，脸上都有种营养不良的深深的疲惫和衰弱，特别是教师。那时，大部分中文系的学生都不习惯现代派文学的表现手法和他们的故事，但都不敢直说，因为它们象征着某种自由和思想深度，以及与西方世界的精神沟通，至关重要。“有人说，戈多是上帝；有人说，戈多是绝望；有人说，戈多是自由、民主、幸福。贝克特从没有解释过，只是劝告人们不要企图知道答案，他说，知道了答案会失望的。”老师这样解释给我们，“西方的现代派文学建立在工业时代以后，宗教信仰的削弱，对科学真理的怀疑，对传统价值观念的动摇的社会基础上。”年轻的老师在课堂上引用过袁可嘉在《西方现代派作品选》的前言，那是当时中文系同学人手一册的书，即使研究古汉语的同学也有一套。当我与我的同学结婚以后，我们将各自的书放在一起，我们家便有了两套《西方现代派作品选》。

我没想到，十年以后，我在离开海伦娜家花园的几分钟里，才真切地感受到那个剧本的气氛。

我的箱子不轻，一下一下地撞着伯恩海德的长腿。他曾试图放下来拉着走，但中国产的滑轮没有上好的橡皮，轮子滚动时，在安宁的黄昏里发出惊天动地的响声，吓得他嘟囔了一声，又赶紧拎起来。海伦娜忍不住笑了，我向她挥了挥手。

我们这三个树下人的戈多，是谁？

2002年春天，十年以后，也是春天，我重返慕尼黑。沿着当年的道路，再回到我的图书馆。那个16世纪的城堡还像十年以前一样，红瓦白墙，庭院中间的樱桃树开满鲜花，它一点也没有变。既然它几百年都没有变，当然这十年里也不会变。

当年联络访问学者的缪拉太太还在，只是，当年总是穿一身淡蓝色衣裙丰懿的妇人，现在突然瘦小下来，好像放得太久忘记吃的苹果还在，就是不新鲜了。她还在原来的办公室里，用原来的桌子，她还是在桌上的大日历上随手记东西，她身边的架子上还是专门放从世界各地来的访问学者送的小礼物，荷兰的小木鞋，俄罗斯的小套娃娃，日本的小偶人，还有中国的微型文房四宝，我认得它们，那是十年以前我从中国带来的。我和缪拉太太一起将它们放在架子上，还教了缪拉太太怎么握毛笔，其实我自己也不怎么会握。在十年时光里，多少人，多少事，此刻竟像流水一样地消失了。

缪拉太太告诉我，海伦娜，我原来的房东，她的神经出了问题。

“你离开后，我们还介绍了一个荷兰人去住，她抱怨得很厉害，说海伦娜总挑她的刺，后来才知道，那时海伦娜的神经已经不算正常了。”缪拉太太说，“你知道，海伦娜也常常来我这里抱怨，她也抱怨过你呢，说你晚上总是很晚才回，不知道出去干什么了。害她给你等门，不能睡觉。那时我还劝她，外国人嘛，总有自己的习惯。”

是的，我常常晚上出门去玩，那时我在慕尼黑有了朋友，我们晚上常去伊萨河边的葡萄牙酒吧吃饭，那里有与慕尼黑啤酒花园截然不同的行乐气氛。我突然就爱上那地方，有时就是一个人，也会特地去那里吃南欧煮得烂糊糊的豆子。那酒吧使得我立志要去看看葡萄牙。

我不愿意下班就回海伦娜的家，看到她苍白的脸，我躲着她。但海伦娜不肯也躲着我，她老是在客厅里等我的门，我打开门，听到楼上的鼾声，然后，看到海伦娜的脸从沙发里升起来，带着我年轻时代晚回家，妈妈脸上的那种责备，让我感到紧张和惭愧。

有次周末，玩得晚了，我回到家，打开门，听到客厅里的电视轻轻地响着，海伦娜的金发落在沙发扶手上，一动不动，我想她是睡着了。本来我想悄悄上楼去，免得照面。但电视里的音乐真的奇怪，有节奏的声响，却很奇怪的空洞和忘我，又不像现代音乐那样疏离。我朝电视看了一眼，却赫然看到两个赤裸裸的人在粉红色大床上表演性交。原来，那就是传说中慕尼黑周末深夜的成人电视节目，原来，伯恩海德在楼上打呼噜的时候，海伦娜会在楼下看成人节目为我等门，而且还睡着了。我提着自己的鞋，心惊肉跳地飞快跑回阁楼上，袜子在光滑的楼梯上不断地打滑。从此，我更躲着她，就像躲着一团带有威胁的麻烦。我也许是介意在慕尼黑的电视节目里看到性交表演，也许更介意的是海伦娜看这样低级的动物表演，也许更加介意的是，她看着的时候没有不安，反而睡着了。我想，我最介意的，是她的绝望。可以说，这是对我的伤害。电视里的人卖力地表演，简直像在杂耍。海伦娜常常开有关性的玩笑，她的知识，似乎就是来自深夜的电视节目，回想起来，真是令我生气。

“可我没在你这里听到任何抱怨，你似乎住得很舒服。”缪拉太太揣测地看着我说，“我一直想问你，真是这样吗？”

“有时我感到不适，但我一直认为这是我自己的原因。”我说，“你也知道，我那时是第一次来欧洲，我将欧洲当成天堂。你还对我说，你要多看看，了解真正的欧洲。就像这样。”我比画了一下，她坐着，我站在架子前，她身后的窗外，是满树的樱桃花和红色的尖顶塔楼。当年缪拉太太说这话的时候，我们就是这样面对面。我突然感到难过，就像被德国锋利的锯齿刀割破手以后，要过一会儿，血才渗出来，然后才感到疼。这时，我才开始感到海伦娜的消息带来的疼。那种痛，不光是来自怜悯，更来自我已经深埋的世界。十年以来，欧洲在我心中，已经不是原先我的那个玻璃天堂了。但对玻璃天堂的哀悼被海伦娜的消息唤醒了。那仍旧是新鲜而刺痛的感情。“她其实很照顾我，复活节前夜的时候，她还在我的枕头上放了一个巧克力做的兔子。他们家是第一个帮助我进入欧洲生活的德国人。”我说。

缪拉太太的蓝眼睛蒙上了一层我熟悉的困惑，我知道，对她来说，话题又被扯远了。但对我来说，却是非这样说，才是最准确和公平的。

我回了原先工作的地方，看了看自己的桌子。见到了原先的同事，还与他们到小厨房里喝了茶，说了闲话。小厨房的窗子对着城堡里的小教堂，教堂前面的大樱桃树开了一树的花。我心里到处都是海伦娜的影子，还有最后一次见到她站在她家樱桃树下的样子。爱尔兰人总解释说《等待戈多》是出喜剧，我怎么也不能接受这样的解释。

那一年的复活节前夜，海伦娜在我枕头上放了一个小小的、锡纸包着的复活节巧克力小兔子。四月清凉的夜晚，海伦娜家里流动着准备过节的愉快，孩子们打着电筒满园子找彩蛋，她们在树下发出高兴的尖叫声。海伦娜望着她们，用力吞了一口烟，也远远地笑了。大概弗拉基米尔看到吵闹不休的爱尔德拉冈终于因为吃到胡萝卜而安心下来的时候，也会这样笑。

一大早，我和他们一起去了他们家属于的那个教堂，离他们家只有几个街区，教堂后面的墓地里埋葬着海伦娜的母亲和父亲。祭坛上的十字架被一块紫色的布遮着，花瓶里插满了白色的鲜花。大家都还没睡醒，眼神直直的。海伦娜笔直着腰板，迈着大步，领着我们几个人，一一领了蜡烛。一路与两边的老老少少道着“上帝好”，一路走到自己的座位上。她特地向驻堂神父介绍我，当他问我是不是天主教徒时，她突然脸红了，说：“至今还不是，因为她长期生活在一个没有宗教传统的地方。”我想她是为我没有宗教信仰而脸红的。

复活节礼拜开始不久，教堂里熄了灯，大家将自己手里的蜡烛点燃了，护在胸前，表示对基督的哀悼。这时海伦娜突然直直地向后倒去，乓的一声倒在教堂的长椅上。大家都回过头来，但都并不惊慌，早上没有吃东西，又站着，低血糖是很正常的现象。她被人喂了一块巧克力，很快就醒来了，抱歉地笑笑。教堂又恢复平静，大家又沉稳地唱着赞美诗。我不会唱，也听不懂，只借着烛光看她。她软软地坐在伯恩海德宽大的阴影里，下颌慢慢地、细致地、痛苦而欢愉地、恋恋不舍地嚅动着，摩挲着嘴里渐渐融化的巧克力。我能体会此刻她嘴里的幸福感，德国的巧克力柔软滑甜，在舌头上融化时，有一种吸毒般的欢愉。她没防备有某个不专心的人此刻会偷偷看她，站立唱歌的人们甚至为她遮住了神父的目光，她刚刚昏过去，刚刚被人喂了巧克力，吃这块巧克力不用自责。她终于放松下来。

和我的旧同事吃着巧克力，喝着茶，心里却一直想着海伦娜在教堂里的样子，我想，她最后发疯的时候，也会是那时吃巧克力时的样子吧，终于有理由放任自己。这时我突然领悟到，海伦娜也许将我和那荷兰人看成出气筒。当她的四周都无可挑剔的完美与有序，她的反抗只能落在与我们的关系上，而最后，只能落回到她自己的健康上。她是个充满责任感的德国人，得有一个正当放弃的理由。在教堂里是别人喂给她一块巧克力，在她晕厥的时候。现在，是她的健康恶化。这都是她主观上不能左右的。

离开城堡时，已是黄昏。我还是不能忘记海伦娜。有一天下雨，我和她一起出门，她将我送到城堡门口，再去教堂，那天她去教堂当义工，准备为索马里儿童募捐的音乐弥撒。我站在城堡的门洞里，看着她打着伞，走上草坡。要是她一个人，她通常都不开车，因为废气会污染环境。我不能说喜欢她，但不能否认她是一个诚笃的德国人，让人尊敬。要是她不那么诚笃，也许就不会疯。

站在城堡门口，那里有两条路。一条是沿着小河去地铁站，是我从前下班以后常常走的那条路，搭地铁就到葡萄牙酒吧了。我已经去过葡萄牙，在那里住了十天，吃了不少煮得烂烂的豆子，还有烤得焦焦的小鱼。看到一个女人站在街角的喷泉里用力踩着被单。从葡萄牙回德国，到了海德堡的公路上以后，在第一个停车点，就停了车，我跑进厕所。那是欧洲最寒冷的夏天，在葡萄牙海边不光不能游泳，还得穿夹袄。跑进一个德国公路边的整洁的厕所，我将手放在暖气片上，这里开着暖气，水龙头亮晶晶的，没有水渍。我心里满意地叹了口气，一下子觉得安全了。在那一刻，我明白，要在慕尼黑这样完美到刻板的地方，葡萄牙才有魅力。这可以说，是一种哲学。

另一条路是过桥，回海伦娜的家。我向海伦娜家的方向走去。春天的黄昏，这片慕尼黑的住宅区仍旧与十年前一样美不胜收。草坡上开满了花，路边的十字架上挂着一个用丁香枝条编成的花环，孩子们带着狗和风筝在树林边的草地上奔跑。远远地，看到One Penny黄红相间的招牌了，看到那家小面包房了，还有树梢上青铜色的教堂洋葱顶，那就是我们做过复活节礼拜的小教堂。小街上有孩子在玩自行车和滑板，他们戴着和当年安娜踩高跷的时候戴的那种五颜六色的头盔、护肘、护膝，在充满阳光和花香的空气里，有我熟悉的加了柠檬香精的洗涤剂的气味，开始的时候，它只代表着海伦娜家那整洁漂亮的巴伐利亚厨房，代表一种殷实的德国生活。现在，它成为一种亲切而痛楚的回忆。十年以后，我第一次明确地感受到，我对这片曾经住过的街区有着一点信赖。它什么都没有变，简直像个安慰。

到了海伦娜的家门口，看到矮矮的栅栏里绿草如茵，园子里还有红的和黄的郁金香，它们还在温暖的熏风里摇曳着，犹如从前。樱桃树的枝条上还挂着那个木头做的鸟舍。十年以前挂着的红色秋千座没有了，是的，安娜已经坐不下那么小的秋千座了。我第一次注意到那深褐色的房子，有种默默的紧张。

伯恩海德来应门，门打开的时候，从他身后涌出一股咖啡与洗涤剂的气味，那是我十分熟悉的气味，只是少了海伦娜的香烟干燥而微臭的气味。伯恩海德还是那样高大而迟缓，打卷的眉毛有些白了，更像比利的毛色了。

他把我让到客厅里，在佛罗伦萨风格的天使绣像下的沙发上坐下。电视里正在播放欧洲杯足球赛，德国的播音员还是那样飞快地、提高嗓门解说着，不时发出惊叹。什么都没有改变，从沙发上望过去，餐室里的架子上，那本黄蓝色的德英词典还在原来的位置上站着，带有啄木鸟的钟，在墙壁上响亮地走着，从厨房敞开的门里，能看到冰箱上的电子钟红色的数字在黄昏中亮晶晶的。“一点也没变。”我对伯恩海德说，我想这句话的意思是夸奖，在这个家没有了女主人以后，他好好地维持了原来的生活。

“是的。连比利都还在。”伯恩海德重重地点头，“它老了，更喜欢睡觉，也许一会儿它醒了，你能看到它。不过我记得你不怎么喜欢猫，海伦娜告诉过我，因为你的童年经历过不幸，使你害怕猫。”

“是的。”我想起来，我对海伦娜说过不少我在“文化大革命”中动荡的童年生活。从那以后，他们全家都注意阻止比利想与我亲近的愿望。

“这对我们来说，有点吃惊。”伯恩海德说，“但是后来我们都理解了。”

“海伦娜还好吗？”我终于问。

“她还好。”伯恩海德停顿了一下，说，“她的身体被Fuhn损坏了，需要住疗养院，特别是春天的时候。有时住得更长些。海伦娜的家族对Fuhn都太敏感，她的母亲从前也是这样。你知道，慕尼黑有不少人都有这样的问题。到春天时，有人违反交通规则，警察都会说，这个人今天有Fuhn。”

“是的，我在这里住的时候，她就因为Fuhn不舒服过。我还记得。”我对伯恩海德点头，“它与托马斯·曼小说里的西洛克热风是不是同一种？”

“我不知道。”伯恩海德郑重地摇头。我想起来，十年以前我问过他这个问题，他也是这样摇头的。

从门厅的暗影里，比利悄悄走了出来，那种梦游似的样子还是与从前一样。“比利！”伯恩海德叫住它，到餐室的架子上拿出一只盒子，“你今天的多种维他命！”他将一粒药丸扔给比利，它咯吱咯吱嚼着，慢慢走到沙发前，跳到我身边的垫子上，像海伦娜那样挺直了长长的脊背，并向我转过脸来。

我一直以为比利像伯恩海德，这时我才发现，比利的眼神其实更像海伦娜。它的眼珠也是浅灰色的、透明的，也有一种非肉体的冷漠。它仿佛知道我在想什么，于是，它脸上出现了海伦娜式嘲讽而恼怒的微笑。

伯恩海德将比利抱过去，但比利挣脱他的手，跑进餐室里。在那里，海伦娜曾经握着德英词典，将伊丽莎白皇后的生活向我层层剥开：“她是一个坚硬的女人，一点也不可爱。”她反复说。那时我觉得她的英文，或者我的听力出了问题，海伦娜的意思应该是，她的生活是困难的，不像电影里表演得那么可爱。她的生活不可爱，可她并不坚硬。此刻，我眺望着比利在傍晚餐室幽暗的角落里模糊的脸，那个角落是从前海伦娜常常坐着玩报屁股上的填字游戏的地方，前德文教师显然仍旧保留着对词的兴趣。我再次想起海伦娜当时形容茜茜时用的词，想起她因为吸烟过多而喑哑的声音，我突然想起那个词还有另外一个解释：困难。显然，海伦娜的意思是：伊丽莎白皇后是个困难重重的女人，她不可爱。她说的的确是人。而海伦娜说的，很可能是真的。困难重重的女人，已不可能是个可爱的女人，她必须是坚硬的。这一点，好像也是说的她自己。所以她一下一下地顿着手里的词典，强调着，不容置疑。

“比利让我想起了海伦娜。”我对伯恩海德说，“她告诉过我关于茜茜公主的事。”

“是的，那是个著名的皇后，在巴伐利亚是个名人。”伯恩海德说，“海伦娜喜欢看书，又是本地人，她知道许多这方面的事。”

“你过得好吗？”我问。

“好。孩子们都离开家了，安娜到柏林上大学，克劳迪亚去了奥地利，她的丈夫在奥地利的西门子工作，她已经有两个孩子了。我们都好。”伯恩海德一五一十地说着。他还没有退休，白天上班，休息天去看海伦娜，下班回家就在园子里忙，“我尝试过种不同颜色的郁金香，白色和蓝色的，或者紫色的和蓝色的，但最后发现还是金红色和黄色的在一起最好看，和我们房子的颜色相配。

海伦娜是对的。”

我们一起在客厅望着洒满余晖的园子，埋在草地上的喷头正在转动着为草地浇水，空气里充满清新的混合着植物气味的水汽。从前海伦娜早上做的家务，现在由伯恩海德晚上做。客厅外面的擦脚垫子上放着一双湿湿的高筒胶鞋，我想，大概伯恩海德刚刚还在园子里忙吧。

“五月我们这条街上要展览园艺，我也报了名。”伯恩海德说，“我也有机会去看别人家的园子，我喜欢看好看的园子。”

“你家的园子真好看。”我夸奖他。在细细的水雾里，收拾得一丝不苟的园子像美家杂志上的照片。

“谢谢。我们的园子倒是从来没被邻居投诉过。”伯恩海德满足地说。

离开伯恩海德和海伦娜的家，伯恩海德送我到门口。经过他的肩膀，我再次看到园子里的樱桃树。当年在门口，我回头，看到樱桃树下的海伦娜，想起《等待戈多》里的弗拉基米尔。现在樱桃树下什么都没有了。伯恩海德站在园子前，虽然他穿着家常的运动服，像从前在家的时候一样，但我总是觉得他像《变形记》里哥里高利的父亲一样，穿着花里胡哨的银行杂役的制服，制服上还留有点点滴滴的污渍。我想起来，当年他帮我提箱子的时候，因为弄出太大的响动而吓得赶紧将箱子提起来，海伦娜在树下噗地一笑。格里高利的父亲要是不穿那花里胡哨的制服，他又能干什么呢？如果他不穿着那样的制服，要求女儿为房客演奏小提琴，又能怎样呢？格里高利的妈妈和妹妹都能哭，能抱怨，但他却不能。

我经过街口的房子，那里的主人还保留着不爱拉窗帘的习惯。透过玻璃，能看到他家的白色灯笼，墙上的一幅印象派的油画，画的是阳光下的咖啡馆，绿色的桌子和19世纪深红色的墙壁。房间里还有一大棵植物。十年以前，就是这样的陈设。那间房间，从我的记忆里慢慢浮现出来，与眼前的情形重合。再一个十年以前，我在大学的某一个角落里读《变形记》，当时的情形也渐渐浮现出来，那是中文系学生的必修功课，它绝望的气息与我心中已经建立起来的人文主义的欧洲，实际上是冲突的。我想，也许这就是十年前第一次看到宁芬堡宫时，巴洛克宫殿与穿牛仔裤的德国人在我心里的冲突。在戏里，爱尔特拉冈对弗拉基米尔说，我们在树上上吊死了吧，弗拉基米尔说，我们没有合适的绳子。我怎么也无法将这样的对话看成是幽默的对话，我不喜欢这样的幽默。

四周像从前一样安静，风萧萧地穿过树叶和花瓣，以及青草的锯齿，空气里充满了阳光、花香和从意大利来的暖风的醺然醉意。我穿过这片住宅区，向地铁站的方向走去。我经过一栋栋坐落在树林和小河边上的深褐色带花园的房子，看到底楼的客厅、餐室和厨房的玻璃上透出明亮的灯光。有时甚至能闻到烤肉的强烈香气。这里什么也没有变，仍旧是慕尼黑十全十美的安居乐业的傍晚。经历了海伦娜和伯恩海德的故事，四周那一丝不苟的美与安宁，竟然还这样信心十足，毫无惆怅之意。原来这美与安宁，是铜墙铁壁一样的无可挑剔，和无路可逃。我似乎更愿意在上海那粗鲁的、烟尘飞扬的、潮湿而充满噪音的地方匆匆而过，但心里想念着这条沿着清澈小河走向地铁站的芳香的小路。

但愿我不是那只狐狸，也不是印度哲学的追随者，我在离开伯恩海德家的路上，感受到自己的幸运。我想，我是挂念一根胡萝卜胜于戈多的爱尔德拉冈。是的，有时还有将两只靴子一起给别人留下的物质之仁。那是耶稣教导尘世里的人，让尘世里的人可以享受施舍的快乐，伯恩海德和海伦娜则享受不到这些，十全十美的地方不会有这些。

第四章 河流之蓝

华沙
布拉格
克莱姆斯
瓦豪
维也纳
慕尼黑
布达佩斯
苏黎世
卢塞恩
威尼斯
罗马

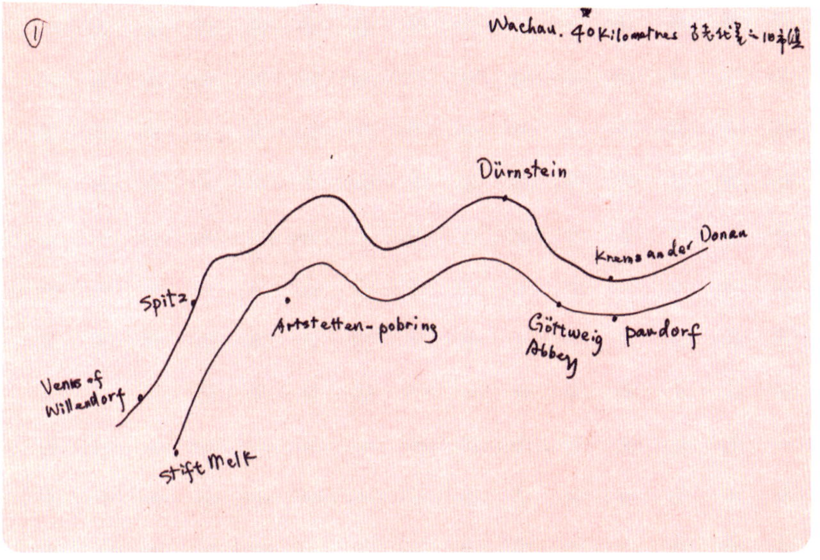

图 36

多瑙河畔，从梅尔克修道院到克里姆斯四十公里，

都是美丽古老的村镇，世界文化遗产地。

图 37

11 世纪的梅尔克修道院号称是世界上最美的天主教本笃会修道院。

17 世纪建成了光芒四射的巴洛克修道院。

图 38

瓦豪河谷两岸的葡萄园从古到今年年都出产世上最好的葡萄酒。
外人知道这里出产世上最好的雷司令，但在这里住下，初夏时节，
沿着河谷的葡萄园漫步而行，去喝酒庄里古法酿造的新鲜葡萄酒，
满眼望去深陷于出产了千桶上好葡萄酒的古老葡萄园，才是真正的享受。

图 39

乡村的小教堂门上，十字军勇士都被葡萄环绕着。

这里曾是十字军东征时的必经之路，自从与君士坦丁堡的正教决裂，

奥地利便参加了对拜占庭帝国的东征。即使这里被葡萄园环绕的古老小村子，

天主堂的门上也保留着古老的故事。

图 40

古色古香的施皮茨火车站，这里是瓦豪河谷的核心。

图 41

施皮茨小镇的古老白石教堂，已有二千年历史。

高高的塔楼在 17 世纪奥斯曼大军攻打维也纳时，曾是瓦豪河谷的瞭望哨。

图 42

葡萄园好像梯田那样在山坡上层层向上而去。

站在古老教堂和开满鲜花的古老村庄的街道上，望见平静的多瑙河。

图 43

村庄外的人骨教堂。缘于多瑙河洪灾，淹没村庄和教堂。
人们没有足够的墓地掩埋死者，便将墓地里的旧坟开掘，
只留下旧坟中的骷髅，为它们统一建立人骨教堂。
多瑙河流域的村子珍惜处女，所以会为处女的骷髅画上一圈花环。

图 44

多瑙河边古老处女的头盖骨，被送入维也纳的葬礼博物馆收藏。

图 45

克里姆斯山坡上的教堂顶上装饰着小小的狗和猪，

为了纪念在多瑙河大洪水时爬上教堂屋顶得以生还的猪和狗。

图 46

多瑙河边遍布着这样的葡萄酒庄，往往都是家族经营了几百年的，
靠在自家葡萄园旁边。葡萄酒新酿的季节，人们坐船来，骑车来，徒步来，
来喝新酿出，还带着葡萄甜味和发酵气泡的酒，黄昏时才满意而归。

图 47

杜恩施泰因向多瑙河里突出的岩石上，

竖立着多瑙河最浪漫的蓝色教堂。

图48

瓦豪河谷里的天主教堂总是小而富足的巴洛克式样。
天使和圣女们都长得非常健壮，血色鲜丽，金发碧眼，
丝毫看不到信仰付出的苦楚，只见富足的乡村对天堂愉快的赞美。

图 49

沿着古老的罗马时代的古道，穿过爬满葡萄藤的老酒窖，
就能到古老的市镇克里姆斯。这是个沿河开满餐馆和酒庄的古老市镇，
黄昏时游客离开后，就变得非常安静。
入夜后，多瑙河上就时不时传来天鹅飞过发出的叫声。

图 50

多瑙河日落时分，空气中荡漾着晚弥撒的钟声，孩子模糊的叫声和笑声从河岸上传来，河中的白色游船靠了岸，人们上岸来吃克里姆特传统的食物，炸猪排和带薰衣草籽的面包，享受多瑙河葡萄酒之乡的乐趣。

图51

从克里姆特一路沿着多瑙河向东而去，穿过无数长满葡萄园的山坡，
就能到达维也纳。在那里多瑙河流进窄窄的运河，
流到一片开阔的草地边，那里有座大理石做的纪念碑，
纪念一个失恋的男人写下的圆舞曲《蓝色多瑙河》。
纪念奥地利人对多瑙河的挚爱。

六月，在多瑙河边的克莱姆斯，我独自住在一栋房子的顶楼，写作《慢船去中国》的前几章。从写字桌上侧过头去，越过窗子，就能看到树丛后面的多瑙河。初夏的阳光下，多瑙河流淌着蓝绿色的水波，有时，有天鹅飞过。那飘摇的白色影子，让我突然就想起从前在上海街头上看到的穿着白衬衫、忽忽悠悠、骑着脚踏车一晃而过的少年。他们敞着70年代的白衬衣，让风带起衣服。那情形带着因为不自知而动人的诗意。那是书中两姐妹在上海生活的年代，她们在白衫飘摇的年代，成长为无法归类的人。

靠近克莱姆斯和瓦豪这一段多瑙河，美，古旧，是世界文化遗产。

旧城的大小旅馆里都有租脚踏车的业务，客人在小旅店住下，租了店里的脚踏车，沿着河，骑到哪里算哪里，反正到处都是奥地利最古老的美丽风光。

河岸上，到处是高大的樱桃树，大树四周的地上，落了一圈通红的熟樱桃。用裙子角擦一擦，就可以吃了。

山坡上到处都是葡萄园，还有卖新鲜葡萄酒的小铺子。

河岸后面，一个个古老的小教堂里装着几百年来的祈愿和感恩。

这一带，应该就是施特劳斯写下《蓝色多瑙河》的地方。

“晚上，他的情人跟着马戏团上船，离开这里，离开他。他到河边去送她，他们知道这样一分开，永远也不会再见了。电影里，多瑙河上，船渐渐开远了。他就在多瑙河岸边坐了整整一夜。清晨醒来，看到有个姑娘在河里取水，阳光照在河面上，蓝色的涟漪在河里一圈圈荡漾开来的时候，音乐声起，这音乐，也就是那支《蓝色多瑙河》。”

他说着，将手臂水波一样地起伏着向前推去，就好像人们旋转时跟随音乐而倾斜的一侧肩膀。他的那个手势，很像维也纳城市公园里施特劳斯金像的姿势，那也是一种身体跟随圆舞曲的旋律忘情旋转的姿态，但在我心里，他这样做，就是旖旎，而施特劳斯的金像也这样做，却是花哨。

他容光焕发，挺直了北方青年硬朗消瘦的躯体，热烈地看着我，好像他就是那个终于成功了的奥地利圆舞曲之王。

他趁我寒假的时候来看我，每天给我讲一个他看过的外国电影。某一个上海阴霾寒冷的下午，他开讲《翠堤春晓》。那长长的一个人，长长的手臂，手舞足蹈，扮了奥地利皇帝，又扮施特劳斯，还要负责场景解说和背诵旁白。

“那时候，施特劳斯已经功成名就，得到奥地利皇帝的接见。他来到一个金碧辉煌的宫殿里，那种巴洛克式的宫殿，你想象一下。这时，奥地利皇帝对他说：‘我是奥地利的皇帝，而你，是奥地利的圆舞曲之王。’然后，皇帝拉开窗帘，将施特劳斯带到阳台上，圆舞曲的音乐响起来，阳台下面的广场上，到处都是跳舞的人，就像海洋那样波澜起伏。贵夫人的大裙子转得圆圆的，欢呼声震耳欲聋。”我家那间小小的，铺着蓝色地毯的房间容纳不下他，他常常一转身就撞到了家具上。那些是上海20世纪70年代暗暗流行的捷克式家具，带着东欧社会主义后期创伤累累的讲究。

“施特劳斯在皇宫的阳台上，听了听，那支响彻云霄的圆舞曲，就是他的《蓝色多瑙河》。”

他扶住被撞得有些摇晃的蜡克书橱，里面装着人民文学出版社新版的世界文学名著，还有一整套《外国现代派作品选》，以及《外国文艺》和《世界文学》，那都是我的书。它们像新进城的农村孩子那样，簇新而简陋，喜气洋洋。

但是，即使是在克莱姆斯，多瑙河的水还是不够歌词里面唱的那样蓝。

那的确是某种蓝。

单薄的蓝色，让人将它误解成绿色，通常河水都是那样的绿色。

要等阳光灿烂，漫天都是深深蓝色的下午，河水也许会脆弱地倾向于蓝色。

有人在河里划船，无声的扁舟划过河面，让我想起，在我家后街的红卫绸布店里，戴着蓝布袖套的店员在木头柜台上，用剪刀嘶嘶地剪开一匹绸子。

蓝色绸缎在闪光的时候，也不是那么蓝的。

每天傍晚，我都去河边散步。夏天，漫长的黄昏，河边码头上飘荡着蓝色的旗帜，就表示今天还有最后一班船会经过。有人在河边的道路上跑步，有一条挂着德国旗的船经过这里，向下游去。瓦豪的河岸上，有个蓝色的小天主教堂，是再漂亮不过的地方。茜茜公主当年嫁来奥地利，乘一条披挂着哈布斯堡王朝猩红色天鹅绒的大船，沿着这条河，一直到维也纳，她就经过那个蓝色的小教堂。有时我画画，老人和孩子会走过来看，我还交了朋友，一个中学的女教师，一个小姑娘，我见到她们的时候，她们正手拉着手。小女孩教我怎么用德文说“教堂”。

“她喜欢我，我们在河岸上偶尔遇到的，她就这样一直拉着我。”女教师为小女孩理了理头发，打发她先回家，“这女孩一家是从萨拉热窝来的难民。”

“我还以为你们是一家。”我说。

“啊，不。”她否认说。

突然，我理解了那个满口德文的小女孩眼睛里不同寻常的亲热，原来是移民眼睛里的固有表情，一种渴望被接纳，近乎讨好的表情。小女孩沿着起伏的河岸渐渐走远，碎花的连衫裙旧旧的，软耷耷地挂在她肩膀上。在她小小的背影里，能看到南斯拉夫连天的战火。

女教师与我面对河水而坐，她说在小城生活的寂寞，并将一个电邮地址写给我，她没自己的电邮，那是她的朋友的，要是我给她写信，她的朋友也许会通知她。她的英文里有浓重的德文口音，我听了很亲切，我自己的英文也可以说在德国才学以致用，我自己的英文里，还有些不自知的德文词，比如“煤”。在我小时候，学的是毛式英语：Long Long Live Chairman Mao. Never Forget Class Struggle.

“哗”，那个中学的女教师笑了出来。

“我知道这很蠢。”我说。

“啊，不。”她再次否认，“我只是想起了维也纳的达利博物馆里，那些关于毛的素描。”

我也去看过那些陈列在奥古斯特教堂对面的房子底楼的达利素描。毛像堂吉诃德那样骑在一匹瘦马上，独自面对着一条巨大的恶龙。那是欧洲20世纪60年代对毛和中国的想象。毛是那时欧洲激进知识分子的偶像。

天鹅再次低低地掠过河面，那些20世纪70年代的白衬衣，都属于Long Long Live Chairman Mao时代茫然而放纵的少年。中国的老人们，将这一代没有接受过正常教育的人，称作“喝狼奶长大的一代”。那些少年，当年偷偷聚集在某个没有父母的朋友家，有的带来瓶装的啤酒，有的带来密纹唱片，有的带来自己的女朋友。他们将门窗紧闭，20世纪70年代的上海电力本来就不足，灯泡都是发红的。但他们还是小心地用报纸遮住台灯，尽量不让外人注意这个房间。他们坐在地板上，喝酒，听音乐，他们觉得自己这样就是标准阿飞。他们兴奋而惊吓地四下张望着：“要是有一天，打开收音机，就能听到这样的音乐，那就是资本主义在中国复辟了。”他们说。我总是记得他们在灯影里的背影，棉布的白衬衣有很多皱褶，像天鹅的羽毛。20世纪70年代的风将宽大的下摆吹起，像天鹅在多瑙河上飘飘摇摇掠过。天鹅阵经过我们的头顶，这时才听到它们扑打翅膀时沉重的声音。那声音似乎象征着那些白衣的少年的吃力。他们这一生，其实应付物质生活和精神生活都很吃力。

“但无论如何，经历过这样的生活，还是很有趣的。”女教师说。

“那是。”我同意。

“从《飘》以后，文学作品里常常出现经历过大动荡的女人，变得非常坚强、丰富、勇敢。”她说，“你告诉我的戴西的故事，也是这样的。你们有理由为自己的经历自豪。”

“所以我说，我们是那些被压力打开了的核桃，我们能闻到自己的内心是不是芬芳。要是没有压力的生活，也许一辈子这个人都不知道自己是个怎样的核桃。”我说，“我并不遗憾自己经历过动荡的生活，很艰难地长大。”

事实上，我真的不为自己的经历感到遗憾。奇怪的是，每次当我离开中国，那个禁锢的年代就清晰地浮现。多年以前的小事，某人的侧影，某个平淡傍晚的气味，原来以为早已忘记，此时纤毫毕现。而且，它们只在我离开中国的时候出现，像大水一样不可阻挡地浸湿远离中国的一切，使克莱姆斯的天鹅都变成湖南路树影里的白衬衣。

“我在想那个小女孩。也许她长大以后，也可以成为一个作家。”女教师说。

“她将在这安静的河边，继续生活在战火连天的童年之中。”我说，“就像弗洛伊德说的那样。”要不是弗洛伊德，也许我的写作不会从童年故事开始。

当年向我形容蓝色涟漪的瘦高青年，在我第一次去维也纳的时候，就已经成为商人了。他仍旧瘦高，但已经开始有了肚腩。他对自己的肚腩有些骄傲，所以特地用吊带来代替皮带。也许他不习惯挂在双肩上的松紧吊带，也许他十分欣赏它们，中国男人几乎不用这东西，它们看上去有些异国情调，他常常用拇指钩起它们，“嘣”，将它们轻弹在自己的身上。

那时，距离那个寒假，也已经有十年。我在香港转飞机到欧洲，他陪我去百货公司买听音乐会时穿的黑裙。一进崇光百货，他就带我直接上最顶一层：“好牌子的减价品，都在顶楼。”他说。

“我四月要去维也纳呢。”我对他说。

“能看到多瑙河了。”他笑了一下。可那个笑容，有些自嘲似的，那是成熟男人的笑。

他在市声汹汹的湾仔，送我上电车，车站在马路中央，四下里都是忙乱着奔向前方的人与车，红绿灯那里，当红灯翻绿的时候，“哒哒哒哒”，急促的声音就响了起来。那是为方便盲人过街，但那声音里，却给我无限的茫然与紧张。他在车下，仰着脸看我，长长地挥了挥手，像一朵起伏过的浪花那样平复了。

“你累了吗？”女教师问我，因为我沉默了。

“没有。”我说，“我又想起了许多事，也许我应该在这里写本回忆录。”

“回忆录”这个词，一定对她来说太自大了。她回过头来，怀疑并责怪地瞥了我一眼，她的眼神里有些寒气。

在上海某个晚上的某个家庭舞会上，为了让灯光柔和，主人将旧报纸罩在赤裸的灯泡上，屋中昏暗，不一会儿就能闻到纸张的焦味，那是劣质的新闻纸被灯泡烤焦了。女孩子们在没有暖气的房间里，勇敢地穿着薄薄的裙子和松松垮垮的上海产连裤袜，将冰凉的手放入舞伴的手掌中。等暖过来，手指的皮肤会剧烈地发烫。

他们彼此小心翼翼地搂抱着对方，同心协力地判断着舞曲里的拍子：“一——二三,一——二三，起！”他们像小船一样滑入圆舞曲的节奏之中。

“春天来了，春天多美好。”那是维也纳童声合唱团的男孩子们的歌声，那盘卡带不知道已经拷贝了多少次，声音几近平扁，但在我的印象里仍旧如同天籁。那时我十九岁，刚上大学，以一枚白底红字的校徽为荣。

和我跳舞的那个男孩是谁？我已经忘记了，但我记得越过他的肩膀，我看到在被旧报纸遮暗的灯光里，人们跟随音乐摇摆转动的身体和陶然的脸，大多数人都微微合着眼睛，不知所措的害羞和惊喜，清澈和忘我，就像站在天堂的门口。他们大多数人都长着团团的圆脸，一派从封闭的农业社会里成长起来的青年的忘情。

那是阴霾重重的四月，奥地利比香港真冷多了。寂寞礼拜天的上午，维也纳旧城区灰色的天空中响彻着天主教堂的钟声，那情形，和西蒙和格弗克尔歌中唱的一样。旧兵工厂附近的街道上几乎看不到人，没有行道树的窄街两边，泊满了汽车。我按照地图的指引，找到了多瑙河。

沿着灰色、平淡无奇的河水漫无目的地走着，看着一条白色的游船带着穿墨绿色呢制服的、红光满面的游客们在游河。圆舞曲隔着河水隐约飘来，带着某种肠肥脑满式的抒情。我不知道怎么对付内心的失望。城市公园里，施特劳斯拉着一把小提琴的金像，显然对我来说太花哨，太得意，太浮华，太市井，太耸动。他面对着的华尔兹广场上，匆匆而过的行人，让我想起弗洛伊德书里的“鼠人”。他背后的多瑙河，细细地淌着，流进一个桥洞，经过巴洛克风格的白色石亭，那的确是灰绿色的水波，如同大多数河流那样。

我和前来寻访的游客一样，站在被紫色风信子围绕的施特劳斯金像前，对着自己的照相机微笑，照相留影，装出梦想成真的、合乎逻辑的愉快。

“笑啊，笑一笑。”拿着我照相机的人从镜头里望着我，那是个挑剔的人，他觉得不够好，哪怕是别人的照相机，别人的胶卷，别人的脸，也按不下快门。

我知道自己笑得丑。

我的内心分裂成好几个人，一个怨怼失落，不肯笑；另一个企图融入现实，要像牙膏广告一样的笑；还有一个袖手旁观，好像专门负责旁白，简直就像在演《爱德华大夫》。

我知道自己钻进了牛角尖。以后每次去维也纳，都到金像这里来报到，然后站在同样的位置，将自己的照相机交到一个也来这里照相的游客手里，请他为我照一张相。要是那是个敷衍的游客，没说“笑一笑”，就照好了相，我会忍不住纠缠说：“哎，再照一张，保险点。”偶尔有一次，将那些年来在金像前的照片并排摆好，看金像边上的树，一年年长高了，使金像显得矮了。看照片里自己总是游移的笑容，头发在照片上长长短短，十年就这样过去了。我不太明白，为什么自己就不能放过这尊花哨的金像。

华东师大中文系学生在解禁后的第一次舞会，是在河东食堂里举行的。食堂里还留着晚餐的洋白菜气味，我记得。学生会的组织者，早早地将油腻腻的长条餐桌和长椅子搬到墙角去堆着，空出地方来。食堂的灯本来就不亮，食堂的窗子还是五十年代留下来的木窗，风吹雨淋，发黑变形，早已关不严，临时接上的音响声音很闹，地上有点黏糊糊的，是常年积下来的油垢，一个学生会的男生急中生智，从厨房取来一碗细盐撒在地上，然后他将自己的右脚贴着地面向前蹭去，他的沪产皮鞋底沙沙响着：“好了，迈得开了。”他对我们大家宣布。

同学们很兴奋，也很矜持，既不肯让人看出来自己已经学会跳交谊舞了，不像认真读书的学生。但也不肯让人看出来自己不会跳舞，那样老土和呆板。第一支舞曲响起来的时候，大家都不远不近地站成一圈，将中间空出来，谁也不邀请别人跳舞，都禁不住傻傻地笑。

施特劳斯的圆舞曲在食堂里回旋着。刚开始，音乐带给了舞会的气氛，但渐渐的，它成了催促，大家站成一圈，只管听着音乐，数着里面的节拍，谁也不动，气氛就有些紧张起来。学生会的同学最先受不了，他们开始动手拉人："开始跳舞了啊，大家下来跳舞啊。"被拉到的人拼命挣开，有人哧哧地笑，有人却半羞半恼的。在音乐声里，大家推推搡搡的，那情形，开始变得愚蠢。"你们先开个头呀。"有人回手，将学生会的同学往场子里推。

那对勇敢的人，终于半推半就地站在一起，他们将一只手郑重地握在一起，平平地举起，像一对小鸟一样侧着头，分辨某一个三拍的重音，准备开始。可是施特劳斯的曲子，常常拍子不那么明显，他们等了好久。

他们等待的样子，真的让人心焦。所以，当他们终于跟上了拍子，开始小心翼翼地退进，生涩地旋转了一小圈，可居然还跟上了，没有拉下拍子，也没有踩到对方，大家真的长长舒了一口气。众目睽睽之下，他们不敢看我们，也不敢看对方，他们脸上似笑非笑的，晓得不可板着脸，却也不好意思笑出来，也许根本没有笑的心思。他们的脸尽量地庄严和抒情，像欧洲文学史的必读书目里描写过的那些舞会里的人一样，渥伦斯基和安娜·卡列尼娜，罗密欧和朱丽叶，还有普希金的长诗里描写过的那些舞会。但是他们的脸上有着我们那个时代的青年才有的勇敢和懵懂，以及仿佛恼怒般的害羞。

慢慢地，食堂里挤满了跳舞的人们，细盐在一支支舞曲中沙沙作响。细盐也在我的鞋底沙沙响着。我在心里长长舒了一口气，我的舞伴几乎不会跳舞，他的手心里全是冷汗，他的呼吸里就有炒洋白菜的气味，但这都不要紧，要紧的是，我们在音乐中晃动着身体，我终于也可以在施特劳斯的舞曲里跳舞了。这对我来说，标志着终于开始了正常的人生。“施特劳斯跳华尔兹，陈丹燕也在跳华尔兹。”二十岁的我，心里曾这样释然地想着。

在河边露营地门口，有一家餐馆，在那里我吃过冰激凌。

餐馆外面的土坡上，我坐在那里画过张着蓝旗的码头。

漫长的黄昏里，有个带着四个孩子的男人过来与我讨论瑜伽问题，他的孩子们到河里去玩，大的带着小的。

对着土坡有条通向火车站的小路，沿着河。虽然远些，但是景色优美。我送克劳迪亚回维也纳，就是从这条小路去的。

我们说着我正在写的故事，故事里有两个不快乐的上海女孩子。

她们的不快乐，是因为她们年轻的生活里，有着重重历史的阴影。

我们一路上感叹着历史对一个人生活持久的影响。

我向克劳迪亚介绍四周的景色，指给她看树丛后面隐现的多瑙河。

在河湾里，有天鹅的一家。

克劳迪亚听着听着，笑了，说："你对这里的爱，让我想起我对俄罗斯的感情。"

火车站是那么小，世纪初的旧火车在这样的小站停。

深夜我坐末班车从慕尼黑回来，火车在漆黑的田野里走走停停，风里有丁香的气息。

车厢里的红色椅子，随着火车扭动着。

靠站前，火车经过一座1900年代的铁桥，隆隆地响着。

月亮在河水上一片片地淌过来，那真的是银色的涟漪，我将头伸到窗外去仔细看过。

这次肯定没错。

我早上九点开始写作，到下午三点。然后吃东西：总是菜头煮咸猪手，这是说南部德文的地区最容易做好的菜，还有加了薰衣草籽的意大利面包。胃里一旦有了热热的食物，人也就满了，思想开始迟钝起来。于是躺在床上读书。然后，再开始写作，到六点。

安静的房间里，上海一家人的故事与上海的历史紧紧纠缠在一起，在空气中激烈地上演。上海多云天空下灰色的街道，弄堂深处多年失修的旧房子，还有房子里面的生活，生活中躲藏着的意义，意义之中的是非曲直，曲折中呈现出来的上海人对西方世界复杂的感情，都浮动在我四周说德文的人们的寂静里。

那种寂静，听不到一点点生活琐事的声音，没有人叫卖，没有人大声交谈，没有人用锤子敲钉子，没有孩子的哭声，没有吵架，一切井井有条。只有我厨房的冰箱在启动时，发出“扑哒”一声。里面冰着我的咸猪手、冰激凌和一包浸过水的新丝袜。在那样的寂静中，陕西中路上的红房子西菜馆里，范妮和简妮正在钩心斗角不已，她们一点也不知道彼此是最亲的同类，正前赴后继地走向困境。

她们还在上海等待去美国的签证的时候，范妮在感恩节和圣诞节的时候，常常换上夏天才穿的薄裙子，配着秋天的薄呢大衣出去参加家庭舞会，她早早地打扮好了，在没有暖气设备的房间里冻得皮肤下青一块紫一块的。那时，上海即使再冷，最时髦的女孩子也敢就那么站在街口等出租车。她们在寒风里轻轻发着抖，但始终挺拔地站着。范妮从来不肯带简妮去跳舞，她不让简妮有机会冻一冻自己，在那时上海的冬天，能这样打扮起来，有地方去过西方节日，是某种人群的标志。范妮知道简妮拼命想要成为这种人，她可不愿意成全她，她认为简妮不配。

上海往事在多瑙河无声的细碎波光里闪闪烁烁，范妮和简妮都长着上海女孩那种清秀而精明的脸，她们可以说是清高的，但不纯洁。常常，我不得不停下手来，问自己，为什么要写这个残酷却不崇高的长故事。从树叶后面眺望着多瑙河，它在摇曳的缝隙里闪烁着不确定的蓝色，淡淡的雾气，像塞尚的画，在初夏临水处的雾气里，连树影都变成了蓝色。寂静有时被驶过铁桥的火车打破，对自己身份的确定，本是形而上的问题，但在这对姐妹身上，身份认同的危机竟毁灭了她们的人生。这便是上海人的故事。

六点以后，我出去散步，再找一个小餐馆吃饭。一间河边的餐馆，是用旧谷仓改成的，1996年的时候，我和朋友特地从维也纳到这里来看多瑙河，下午在这里喝过酒。2001年的时候，我来这里开朗读会，和一群小说翻译的朋友在这里吃过酸菜烤猪排。餐馆的墙上，挂着多瑙河的彩色照片，照片上的河水，蓝得与想象中的一模一样。记得有一次点菜的时候，遇到了一个饶舌的酒保，我就势问他，为什么照片上的水会这么蓝。

我的本意是想问，是不是有些时辰，河水会蓝成这样。我愿意这么想，即使是我来过许多次，这许多次里都没有看到过蓝色的水，但那也是因为我的运气不好，而不是河水不蓝。但是酒保笑得脸红彤彤地说："哈，那是他们在照片上加了颜色，为了它可以像旅游者想象中的一样蓝。我在这里住了一辈子，从来没见过像照片里这么蓝的水。"

"完了，你色盲了！"我丈夫对着一河的水叫了起来。我们在克莱姆斯的河岸上散步。那年初夏，他在卡塞尔看完文献展，来我这里歇脚。临行时，他问，到我这里来能看到什么，他喜欢维也纳，或者柏林那样的大地方。

我说："这里可是《蓝色多瑙河》里描写的地方啊。"

"真的是蓝色的？"他问。

"在阳光下特别蓝。它会变颜色的，就像欧洲人的蓝眼睛，在某些时候蓝眼睛是灰色的，但某些时候就很蓝。"我在电话里说。

"怎么不蓝，明明那么蓝。"我反驳他。

“哈！”他短促地笑了声，凡是他断然不同意的，他便这样笑。

“怎么不蓝了！”我追着他问，将他的墨镜摘下来，“你戴着这种盲人镜，当然看什么，颜色都不对。”

他笑嘻嘻地说：“你忘了我的墨镜是滤色的，戴着它，还能看出点蓝的意思。好了，现在是一点点也没有了，连绿都不绿了。”

“不许笑。”

“你还是个作家呢，文艺理论学过吧。”

天鹅贴着水面飞过，那也是在电话里我对他形容过的。它们飞过我们的头顶，留下拍打翅膀的有力的声音。歌词里也曾写到它们白色的身影。

“天鹅。”他表示同意。

“才不是，是野鸭子。”我大声说。

克莱姆斯河岸上，有一段很热闹的地方。过了码头，过了桥，就开始安静下来。土路边长着像科罗油画里面那样高大古典的树，还有高高的野草，野玫瑰。我带了席慕蓉的书到那里去读。写《七里香》时的席慕蓉，是清澈的溪流，在年轻时涓涓地流着。那时我不认识她。等我认识她的时候，她已经是奔忙在故乡路上的席慕蓉了。我们见面，总是因为她路过上海到蒙古去，或者上海博物馆展出蒙古的文物，她来看展览。我们见面，总是与她的故乡有关。她这时发现，自己的生命中居然还有一个浩淼的大海。从二十年前我读“如果你在年轻的时候爱上了什么人，请一定要温柔地待他”，到现在读“当我停了下来，微笑向天空仰望的时候，有个念头突然出现，‘这里，不就是我少年的父亲曾经仰望过的同样的星空吗？’猝不及防，这念头如利箭一般直射进我的心中，使我终于一个人在旷野里失声痛哭了起来。”我为她感到幸运，不是每个作家都可以遇到溪流，也遇到大海的。

席慕蓉很诚挚，她可以担当得起这样的转变，或者说命运。

一见面，她总是不停地说蒙古。从桌上随便找到一张纸，就画博物馆里蒙古的玉器给我们看。一说到蒙古，她的眼泪就扑簌地往下流，常常哽咽得说不出话来。

她终于找到了家乡，但是因此而知道，自己永远都回不到她真正的家乡去了，她妈妈乡愁中的千里松漠，现在一棵松树都没有剩下。她爸爸的家已经成了废墟。她心目中肥美的草原，其实是风沙滚滚的荒漠。但是她回家，却有族人千里相迎，滚滚黄土坡上，有人端着奶茶，有人带着酒壶，有人为她隆重地穿起蓝色的蒙古长袍，牵着马，有人为了这样的相见泪水涟涟，端着一碗酒，却久久说不出话来。她的家乡这样竭尽全力将她迎入怀中。

记得我曾经要求过，要跟她一起回蒙古去。到底何处是我的家乡？我不知道，我的出生地对我来说是陌生的，我的祖籍对我来说也是陌生的，在上海长大，我却一直觉得，也许我的家乡是在欧洲的什么地方，但这是荒唐的。有家乡可以回的人是怎样回家的，我很好奇，也许还有羡慕，就像小时候看新娘子。记得那时候席慕蓉不置可否地向我笑，我才知道自己的要求真过分。那是别人神圣的回乡路，是别人的。

在河岸上，有个小码头，是给划船的人用的，石阶一直伸向河中。我将鞋脱了，脚伸到水里，黄昏时的河水很暖和。

读到席慕蓉用蒙古话和她的同胞打招呼，那最简单的但纯正的母语让她陌生的同胞疲倦的脸上放出光来，我的眼泪也开始涌了出来。看她写返乡路上的兴奋，我的眼泪不停地往下掉；看她写她的族人们在家乡地界荒芜的大地上静静等待她的到来，眼泪还是往下掉；看她写到她垂老的父亲在灯下急急翻看一本关于蒙古的书，看她写到夏天在上海博物馆，一只手画那些展出的蒙古文物，另一只手不停地擦着涌出的眼泪，看她的孩子在美国听到蒙古歌曲，台湾生、台湾长的孩子，突然就听懂了那歌曲里的孤单和寂寞，眼泪就那样流了出来。我也一直在哭。

但我不知道为什么自己会哭成这样。眼泪涌出的时候，心里好似有委屈。刚开始落泪的时候，我还常常将在眼眶里的泪水存着，让它们一点点回到眼睛里去。眼睛就这样被泪水浸得肿起来，低头看书的时候，眼皮重重地往下垂着。何处是我的故乡呢？谁是为我带着酒壶的故乡人呢？我还记得，当我告诉席慕蓉，我都不知道什么地方可以认作故乡时，她一边擦着脸上因为蒙古而流的眼泪，一边惊奇地轻呼：“我没想到在大陆长大的人，也会有失乡的苦恼。”我能说，我曾经将小说里的欧洲当成我的故乡吗？我能说，当我第一次看到巴洛克淡黄色的宫殿前，有穿着美国产运动鞋的德国人经过时，我的故乡便分崩离析了吗？我记得自己黄色的靴子在宫殿的打蜡地板上小心翼翼地移动，不发出一点声音，非常像在梦中看到自己走路的情形。一些学生在老师的带领下走进大厅，吱呀吱呀响着的，是他们的锐步跑步鞋和耐克篮球鞋柔软的橡皮底摩擦地板发出的声音。他们缓慢地经过大厅，就像一队坦克。黄色靴子惊恐地躲闪着，仿佛地震前的老鼠，即使这样，它们仍旧不愿意发出橡皮底与地板摩擦发出的声音，真实的声音是可恶的，连靴子都可怜地明白这一点。这是双青岛生产的出口靴子，鞋帮上装饰着碎皮子的流苏，有种想象中的美国西部风格，鞋头却老实得像一双普通的单口皮鞋那样，既不方，也不圆，更不尖，实际上，它们是无所适从的、毫无风格的靴子。席慕蓉理直气壮地为自己的草原和河流哭，我却不能。也许，我就为这种不能而哭。

《异乡的河流》里，写到了这么多莱茵河边暗红色的夏天野花，细而明亮的波纹，绿色的树叶，傍晚时分，河面映着斜阳逐渐变成耀眼的金黄，她用的是熟识的口吻，充满了感情，就像我身边的多瑙河。她对自己父亲的纪念，缠绕在对原乡的追寻里，她对父亲离世的感伤，也缠绕在传说中和思乡中的故乡终于被现实打破的幻灭里。这些哀悼，衬托着异乡河流的宁静，以及天真。按照席慕蓉说的，“美景如画”。

多瑙河也映着斜阳，逐渐变成了耀眼的金黄色。高高的野草里也开着红色的野花，樱桃树下落着通红的果实。这也是一条我十年里面往往返返的河流，它细而明亮的波纹里也有我生活中一去不复返的人和事。席慕蓉在写这些的时候，一定百感交集，不知怎样开始才好，意念和意义像鱼群一样在她的句子和意象中浮沉隐现，但捉不住。开始，我努力在凌乱而丰富的细节里捕捉，但被那些句子勾起的伤心紧随而来。又一条挂着德国国旗的白色轮船静静划过水面，向下游开去，我看着那条留下两条绿色波纹的白轮船渐渐远去，在白色船舷的映衬下，河水此刻是不容置疑的绿。那绿色的波纹从河中央慢慢荡来，轻轻摇动了我的脚，它真是不容置疑的绿啊！我终于放弃努力，哭出声来。这是席慕蓉在书里写到过的，在星空灿烂之夜的失声痛哭吗？她有一万条理由可以失声，但我却没有一条理由可以这样放肆。

泪眼蒙胧间，我看到有两个人，一头一尾扛着一条划艇，高高地站在台阶上，犹豫着是不是要下来。

“抱歉。”其中一个人轻轻地说，“也许我们打扰你了。”

这是别人的码头，我坐在这里看书才是打扰。我站起来，满脸的眼泪：“只是因为这本书。”我解释。

“是的，是的。”他们都同意，“这是常有的事。”但是他们飞快地经过我身边，将船推到河里，快快地离开我。要是这是常有的事，就不用这么尴尬。

沿河的短途火车，是那种旧旧的，在描写第二次世界大战的欧洲电影里能看到的火车，慢慢地在铁轨上摇晃着，经过一个又一个古老小镇。

它们到底有多古老？

这个村子里的教堂是古罗马时代的。

那个镇上的某处，是维林多夫的维纳斯出土的地方，草地上为此立了一块牌子。

而另外一个小城，曾经被评选为欧洲最美丽的古城。

它们都是世界文化遗产。

我坐在红色的火车座上，跟着它经过一片薰衣草田、一个种满了葡萄藤的山坡、一个彩色琉璃瓦的教堂。

火车停下来，我就下车，去看一看小城里的旧货店，那里总有一个完整的巴洛克的世界等着见我。

在天主教堂里点燃一根蜡烛，四下看看，即使走进了停死人的小教堂，也不真的在意。

去小酒店喝一杯新鲜葡萄酒，有时，即使是才酿了一个礼拜的葡萄酒，也让人喝了软软的，以为自己要醉了。

小火车站的站长，大多穿着蓝制服，戴着红帽子。面容恳切的男人在火车窗前坐着，俯视他，看到他的金发在红色的制服帽下浮动。

窗户的另一面窗，就可以看到外面的河流细碎的波光。

有一次维也纳开来了一条船，大声播放着圆舞曲，船头还有一个施特劳斯的金像，他非常维也纳式地拧着身体，在拉小提琴。

我的火车与这条船一样得慢，好像并肩而行。

我看着他，看着他，突然觉得，他做得不错。

第五章

迟到

图52

这是研究哈布斯堡王朝末年维也纳知识分子生活和情感的文化著作，虽然这是奥地利没落下去的时代，但我喜欢那种油然而生的颓唐感。

图53

施尼兹勒喜欢的中央咖啡馆，

正在皇宫与戴曼点心店之间的街角上。

图54
如今咖啡馆里，施尼兹勒先生在此恋恋不舍地成为一尊玻璃钢彩色雕像。

图55
城中另一个老咖啡馆也在，另一个街口的兰德曼咖啡馆。

图56

两次世界大战之间的维也纳，

弗洛伊德医生常常从他的诊所散步到这里，他的病人也从欧洲各地来此。

图57
第二次世界大战爆发，犹太医生弗洛伊德永远离开维也纳。

图58

现在，兰德曼的蛋糕还放在原来的玻璃柜里。

图 59

第二次世界大战刚结束，哈维卡咖啡馆挣扎地活了下来。

图60

60年代，哈维卡先生与夫人在他们著名的文化咖啡馆前合影。

图61

现今的哈维卡。

图62

博物馆咖啡馆从前有许多举止优雅的诗人和演员聚集，

只是现在他们都已不在。

图63

在维也纳到处可见的咖啡馆明信片上，

即使是70年代的咖啡馆，似乎也都保留着当年的架势。

图 64
维也纳宁静的晚上，我在笔记本上写：
那些有趣的人和事原来都发生在从前，我迟到了。

某一个星期三。天很晚了，又是秋天，下着雨，那时我住在维也纳第九区的维也纳大学旧宿舍里。周围都是旧时中产阶级阴郁封闭的大房子。那些房子楼梯宽大，天棚很高，细节上带着一点点青年维也纳风格，有时，那些线条也可以与维也纳的巴洛克传统线条混淆在一起。房子里面寂静一片，公寓的门各自紧闭着，朝向大街的窗上垂挂着装饰着流苏的长窗帘。

我从窗前望下去，有轨电车隆隆地开过来，灯光明亮的车厢里只有一两个乘客，他们默默看着窗外。与德国人不同的是，他们中有更多的人并不像德国人那样背脊笔挺。独自坐着的时候，他们也常塌着腰，仿佛穿着雨衣的逗号。坐在窗前的红头发女子，像一张坐在镜框里的肖像，克里姆特的画中人，带着维也纳女子讲究体面又孤注一掷的表情。维也纳女子的脸上至今都还保留着内心冲突留下的痕迹，她们让我想起弗洛伊德。要是没有她们对自己的敏感，也就没有弗洛伊德吧。维也纳的女子是第一批让弗洛伊德认识到潜意识世界的人。电车沿着湿漉漉的铁轨缓慢而不可阻挡地开走了。在十字路口拐弯，走上贝格街，第二次世界大战前，弗洛伊德的精神分析诊所就开在那条街上。

对我来说，维也纳的第九区，就意味着弗洛伊德。

我去他的诊所，——它现在幸好还是个小博物馆。我在楼下按了写着弗洛伊德名字的门铃，一个女子的声音应了门，几乎就是传说中记载的葆拉的声音，“那是一个头戴精巧软帽，腰系方围裙的漂亮的姑娘。”但她实际上是博物馆的工作人员。门吱吱响着，开了——也要经过那个陡坡。

“沿着贝格街顺坡而上的那天我激动不已，从没有哪一个情人让我的心跳得那样剧烈过。”1924年从巴黎来的年轻女子这样记录过她到诊所来时的心情，“一千五百公里！远行一千五百公里来到贝格街，仰面躺下却一言不发。”她自怜而感慨地写道。

我飞过了六千公里！远行六千公里来到贝格街，看到的是一张被红色丝线编织的带子拦住的单人卧榻复制品，我望着它，在那张铺着东方织毯的卧榻上，如众多病人和学生的回忆录里写到的那样，放着一些红色和赭色的靠垫，供病人们垫在后背，让他们在仰卧的时候更舒服些。看完整个博物馆，我又回到卧榻前，我好像能看到那上面遗留下来的那些著名的潜意识故事的皱褶，狼人的、鼠人的、小汉斯的、杜拉的、英国女教师的、俄国人萨比娜的，当年我在中文译本里，如饥似渴地读着弗洛伊德为他们写的故事。从弗洛伊德的书里，我学习了如何对待一个人物，去解析，而不是去创造。我学到了一个作家的手艺。

灯火通明的电车在我这条街上消失以后，曾被灯光照亮的雨丝再次变得难以分辨，黑黢黢的街道充满了被遗弃的沮丧。我想象了一会儿电车怎样经过19号，二楼的窗子都暗着灯，因为弗洛伊德故居晚上关门了。他那惊世骇俗的诊室和办公室朝着内院，此刻，那里肯定也是黑暗而寒冷的，在马克思格拉夫的回忆录里，那时的星期三，在这间诊所里：“弥漫着一种创立新宗教的气氛。弗洛伊德本人就是新生的哲人。他的学生们个个都深受启迪，信念坚定，恰是一班使徒。弗洛伊德最早的弟子们就这样组成了一个隐秘的小团体，每星期三到他的诊室里去聚会。长桌的一头，坐着主持会的大学者本人，他常审视着手中的弗吉尼亚雪茄烟，吸烟的时候目光庄重。”如今电车载着看上去心事重重的乘客经过，像一支打开着的手电筒，缓缓扫过通常被床单下摆所遮盖的床底。弗洛伊德医生诊所早已歇业，星期三俱乐部的成员也早已谢世。电车将经过环路，然后经过旧皇宫。下雨的时候，被淋湿的旧皇宫简直就像一块度过炎热夏天的巧克力一样，散发着腐朽而浓烈的、令人不知所措的感伤。

电车经过的路线，与当年弗洛伊德散步的路线大致相仿，这是我从一本法国人写的书里读到的。“上午的治疗结束以后和晚饭以后，弗洛伊德都要到维也纳的街上去散步。他沿着贝格街的陡坡向上，一直走到沃提夫教堂，然后朝硕腾街走，接下去是绅士街。”在那里有家圣米歇尔教堂边上的烟铺，是他买雪茄的老地方。然后他穿过老城，顺着环路回家。

路上他经过兰德曼咖啡馆，那家咖啡馆至今仍充满布尔乔亚气息，并仍旧保留着一些优雅角落，那家咖啡馆不光是他冬天喜欢去的地方，也是他的病人们在维也纳时喜欢流连的地方。火车将他们从欧洲各地带到贝格街的附近，在诊所外面的房间里等待时，他们渐渐熟悉起来，有时在接受治疗前，也约好到咖啡馆里聚一聚。

一天接近中午的时候，我坐电车到了兰德曼，里面温暖干爽，四处还是很讲究，人们衣冠楚楚地吃着早中饭。我在一张淡黄色的大理石圆桌前落了座，想起病人希尔达·杜丽特尔1933年日记里的话："此时此刻，我伏在咖啡馆的一张大理石桌上写日记，有一小束蝴蝶花放在我的本子上，我真想哭一场。"我要了一大杯牛奶咖啡，一个羊角面包，拿出我的日记本，心里暗自希望，自己坐的正是希尔达当年坐的那张桌子。

1933年，她来维也纳当弗洛伊德的病人。他断定希尔达爱上了他，她不承认，而他，坐在他工作的圈椅上，对她笑了笑，好像有些嘲讽似的。爱上那个能够倾听，能够解救，能深入到潜意识的黑暗大陆里探索的医生，对一个女病人来说，真不困难。有时，甚至是理所当然。他对那些难以启齿的事，那些莫名其妙的事和那些背着人发生的丑态极其重视，他极其小心地倾听，将手压在病人的前额上，然后要求病人在他突然拿开手时，记住浮现在意识里的细节。这样的体贴和专注，不是女人心理上最大的依靠么？1900年，杜拉也爱过他。她老觉得能闻到一股雪茄味，弗洛伊德的雪茄味道。"这种感觉的意思不是别的，正是想被人亲吻的欲望，而如果对方是个抽烟的人，这一吻必定带着烟味。若将各种使移情与我成为可能的迹象都汇聚起来，再考虑到我是抽烟的，那么我就想到，有一天，治疗时的情形大概使杜拉产生了让我吻她的愿望。"弗洛伊德在他的书里这么写。后来，在医生和病人之间，这种感情成了治疗的原动力。这情形，有时也很容易出现在采访者和被采访者之间。如果套用弗洛伊德的句型，我希望自己正坐在希尔达当年的座位上，“这种感觉的意思不是别的”，“正是希望”自己就是1933年的女诗人希尔达。

我原来希望自己是弗洛伊德的女病人。我坐在舒服的丝绒椅子上，吃惊地想着自己。原来我对他的书和他的视角持续的兴趣，是来自这里。

也许我希望自己所有的叙述都被引导向未曾发现的真相，为什么总是梦见轰炸，为什么总是梦见我的亲人去世，远远地追寻到童年。我好奇，要是弗洛伊德听到我的童年故事，他会怎么说。在“文化大革命”中的整个童年时代，至今都还浮动在我半明半暗的记忆里。

也许我只是自恋，对自己的潜意识充满兴趣。对当初他们研究的那些与文艺创作者的动力有关的话题充满兴趣。我为什么那么想成为一个作家呢？这是我从童年时代开始的理想，然后我用自己几乎一生的时间去实现它。现在我成为一个作家了，日日沉湎于写作之中，人人看得出我对写作的喜爱，但我却不知道为什么。一个人，一辈子只有过一个梦想，把这个梦想变成现实了，这是不是乏味的人生呢？支持这样人生的动力来自哪里？但也许我想要在精神分析中，得到创作的源泉。那沉迷于他烟雾之中的希尔达，也是个诗人，她在接受精神分析，并对坐在自己身后的扶手椅上的弗洛伊德抱着柔情时，写出了许多新鲜的诗歌。在医生的引导下，她也进入并且认识了自己潜意识的广阔天地，那不光满足了一个人对自己内心世界的好奇，也是作家写作最直接的动力，千回百转，他想要表达的终于是自己。

或者我依恋一个男人，他有能力洞悉人心，而又充满怜悯与力量，他四周总缭绕着淡蓝色的烟雾，就像我的父亲。我是家里最小的唯一的女孩，人人说我是我父亲的掌上明珠，这简直可以当弗洛伊德书里最浅显的关于移情的例子。那是巨大的、有力的、安全的爱，你只管拿，没有穷尽的时候。他有些忧郁和压抑，他手里总夹着烟，所以他不是强悍的，所以你也有能力爱他，不必一味索取，不得不沦为一个无法被珍视的女人。弗洛伊德是一个让人可以有许多期待的人。他有时利用在病人的卧榻与他自己的扶手椅之间产生的恍惚的感情，调节精神分析时的气氛，他将这种感情称为带动风车的动力，这与采访者和被采访者之间的关系很相似，因为爱，更想倾诉，更打开自己，你是被索取的，但是你简直依恋这样的索取。

或者我想要成为那些内心生活非常细腻而且神秘的人中的一个。我从小就对自己的心思不知所措。它们那么多，那么容易变化，那么容易激动或者厌倦，它们不服我管，常常那么不得体，吓得我只能紧紧地闭上嘴。它是一个独立的存在，有时与我的理性全无关系。说起来真是荒唐，也不负责任。但我常对它没有办法，这是真的。在弗洛伊德书里，这样的心灵不光得到了尊重，而且可以成为通往潜意识的隧道，他们简直因此而成为材质特殊，可以引以为骄傲的人，那些在弗洛伊德诊所的卧榻上仰面躺下过的女人们，虽然常常搅得他焦头烂额，但她们再也不用自卑了。

我还记得，我刚上大学的时候，我的大哥曾看着我摇头，他说："世界上有一个瓶子生产出来，就有一个盖子也生产出来配它。但你这只瓶子真奇怪，你的盖子会在哪里呢？"

大学时代，我在丽娃河边的新华书店里买到第一本解禁以后出版的弗洛伊德著作，那是一本介绍《梦的解析》的小册子，印刷粗糙，纸张上常常还留着一小截没有化尽的淡黄色草梗，译文也常常让人费解，后来，我才知道，那是因为译者自己也不甚了了的缘故。但即使是这样，它还是迷住了我。我写笔记，在书上点点画画，拼命想搞懂那些似是而非的句子，我感到有东西藏在那些破碎句子的后面。凡是提到弗洛伊德名字的书都被我买回来了，对照着读。

最被吸引的，大概是那些被弗洛伊德记录在书里的人，他们的梦境，他们怎么通过回忆，最终认识了自己。那些出现在弗洛伊德笔下的故事真实而琐碎，但感情激荡，像微臭的体味那样，散发着活生生的、没被装饰过的苦楚与无耻。它们吸引我离开托尔斯泰和巴尔扎克以及狄更斯的伟大文学的传统，离开描摹时代风云的神圣职责，离开作家应该成为人民代言人的宏伟愿望。日常平淡的生活，童年时代细小，而且已经差不多被遗忘的情形，维也纳妇女私生活中的怪癖，在那些平静而体面的面容下深藏的动荡的内心世界，在我面前开始呈现了它们的深意。我想，是弗洛伊德点燃了我对日常生活下无尽深渊的好奇心，和真正的尊敬之情。他在书中，将对它们的道德判断轻轻挑开，像挑开一杯热牛奶上那层薄薄的奶皮。20世纪80年代时，标榜思想解放、视野广阔的人，张口总是弗洛伊德，简直像两次世界大战之间的欧洲学生。我的寝室里，有人在蚊帐里彻夜点着蜡烛写小说，跳动的蜡烛光，将她的影子投射在杂乱的女生寝室里，那是个还没有男友的邻班女生，个性复杂。我记得临睡前，从自己的枕头上望着她晃动的影子，想着，瞧，她正在释放体内多余的“力比多”，要不然她晚上就得做噩梦。

那时，我的古典文学教授施蛰存在讲台上为我们上唐诗课，我在讲义下的五百格稿纸上写着小说。老师穿着灰色的对襟丝棉袄，一点也看不出，他年轻时是运用弗洛伊德学说来创作小说的中国第一人，也看不出他写过《将军的头》和《春日》。有时他身上也飘散着一点淡淡的醇香的雪茄气味，他也喜爱抽雪茄。那股雪茄气味并没让我联想起弗洛伊德，让我联想起的，是早年鲁迅骂他“洋场恶少”的事。

层层叠叠的往事，带着普鲁斯特式淡远的惆怅。

我在兰德曼咖啡馆——希尔达写到的咖啡馆，想：哈，我原来一直想要当他的病人。又发现一个愿望，是如今断然无法实现的。

我的心情，是有些感伤的吧。我那淡黄色的大理石桌子，因为室内充足的暖气，而微微的暖，好像留着希尔达双肘的体温。她1933年已经来过这里了，她送过弗洛伊德白色的鲜花，我也喜欢送人白色鲜花，但我送不到他的手里了。甚至，连我自己的心愿，还要到这么多年以后，才被偶尔发现。

我桌子的周围是一些至今仍衣冠楚楚的人，但不是弗洛伊德在上装的插袋上别一朵栀子花的楚楚，而是大场合需要好衣服相配的楚楚。如今的兰德曼咖啡馆，是维也纳的政客们喜欢去的地方，听说是因为靠近议会大厦。他们西装笔挺，肩上一条皱纹都没有，像闪闪发光的宝剑。他们拿着刀，哗哗哗地将黄油刮在烤过的方片面包上，果断而粗鲁，一股政客气。他们热烈地谈着，南部德文某些词拖着长腔，有着政治家的百折不挠。当年弗洛伊德的病人们哪里会这样。至多在某人的咖啡里偷偷放一些咖啡因，让他在去治疗的时候非常亢奋，令教授吓一跳。希尔达在那里的丝绒椅子上想着她昨夜的噩梦，或者为教授家叫柔费的狗在屋里走来走去而心神不宁。从前在大理石小圆桌上坐着的，是沉湎于自己内心世界的人，离政治远远的。希尔达在日记上写："在1933年的维也纳，我没法向西格蒙德·弗洛伊德谈发生在柏林的反犹太人的残酷事件。"

我来晚了。今天的兰德曼咖啡馆，每张桌子上都在谈论奥地利右翼势力飞快的上升，从东欧蜂拥而至的非法移民，大学教育费用的上涨带来的不满情绪，或者火腿煎蛋的味道。那个秋天，正是布什将要攻打阿富汗的前夕，人们怀疑是否新的世界大战将要爆发，这次不是欧洲，而是美国对阿拉伯世界。

这里，那里，早已没有了希尔达。

又一辆电车顺着被打湿的铁轨开过来了，车厢里的灯仍旧雪亮的，但这次一个乘客也没有，灯光明亮，它却更像是被匆匆遗弃的。雨还是下着，湿得不可收拾。电车向贝格街的方向转去，消失在罗斯福广场那里。希尔达曾住在那里的一家旅馆里。与我住的地方遥遥相对。她的房间里挂着绿窗帘，还有一张绿色的扶手椅，一个小梳妆台，一盏罩着粉红色旧灯罩的床头灯，还有一张桌子。她在桌上放了一个小台历，日复一日地算着做精神分析的时间，将在维也纳消磨掉的时间划去。

我狭长的房间里面有一张连着床头灯的单人床，一张连着书架的写字桌。外面是一个深棕色循规蹈矩的大衣柜，和一个连半身镜的洗脸池。水龙头还是20世纪初的式样，但仍旧可以关严，滴水不漏。大门对面的底楼，是宿舍的起居室，总有两个学音乐的学生在那里用功，他们练习提琴与钢琴的合奏。乐声沉闷地穿过地板浮上来，钢琴总是慢，吞吞吐吐的，而提琴却又太快，他们总是坐在一起合琴，却各干各的，听着让人着急，恨不得跑下去替他们打拍子。但又不能。我默默比较着希尔达在维也纳的生活与我的生活的不同，令人沮丧的是，我几乎找不到两者之间的关联。

走廊很宽大，踩上去，地板吱吱地响一路。我下了楼，柜台里的男孩接了我的钥匙。“这种天气，不得不出门啊。”他站在一张埃贡·席勒的复制品下方，客气地同意。在维也纳，旅馆里通常都用克里姆特的复制品装饰，而青年旅馆和大学宿舍，以及大学生咖啡馆，则用埃贡·席勒那些带有颓废和色情意味的画当装饰。

“是和朋友一起去哈维卡。”我说。

“咖啡馆？”他问。

“是的。”我看他撇了撇嘴，“怎么了？”我问。

“当然，你是作家，不会有那样的感觉。”他说，“我们都不喜欢去那里，那里有种特殊的气氛，让人觉得贸然去了不属于自己的地方。也许因为我只是学生，不是作家的关系。”

听上去这样的话是十足的维也纳风格，让我想起茨威格回忆录里的那些维也纳人，认为与哈布斯堡王室成员坐在一个餐厅里吃饭是令人尴尬的。

还是希尔达记录下来的维也纳琐事。有一天她出门，把钥匙留在柜台。门房对她说：“您知道贝格街吧？您看着，等以后，我是说等以后教授不在人世了，这条街准改名叫弗洛伊德街。”

有人在外面用手指轻轻弹玻璃，克劳迪亚来接我了。

出了皇宫大门，路灯照亮绅士街上一个又一个小小的水洼。远远地望过去，14号的中央咖啡馆窗上还有灯光，华丽的拱形长窗在底楼一弯、一弯地亮着，只是黯淡。望着它，不愿意相信那曾经是哈布斯堡王朝将要覆没前的“屎国”时期，维也纳知识分子的象牙塔。

心理学家弗洛伊德、作曲家马勒、画家克里姆特、作家克劳斯、哲学家维根斯坦、作家施尼兹勒，那时维也纳最出色的劳心者，都出入于这个有着华丽拱廊和水晶吊灯的咖啡馆，作家阿登博格就在这里成名。而阿德勒也在这里与他的老师弗洛伊德分庭抗礼。“维也纳学派”小组则在这里讨论马赫的哲学，托洛茨基混迹在这里，也只是与人下棋。他最早告诉别人十月革命的消息，但没人跟他认真。在维也纳大难临头的年代，中央咖啡馆里认同的世界观却是“不看世界的世界观”。弗洛伊德在潜意识无边的黑暗中刺探，克里姆特画着充满永恒情欲的世界，施尼兹勒写的人物都有幽微的心灵世界，他建立了奥地利文学心理现实主义的传统，是这个传统让奥地利文学终于走出德国文学的阴影。而哥德尔成为20世纪最有意义的数学真理的发现者。他们身处奥地利历史上剧变的时代，第一次世界大战，奥匈帝国解体，但没人想当这大时代的代言人，他们专心在探索人性的兴趣上。还是中学生的茨威格，来这里打下一生的底色。他和同学成天泡在这里，为的是自由翻阅欧洲各地的报纸杂志，那时的中央咖啡馆，为客人订了250种报纸杂志。他从与邻座的交谈中获得最先锋的文艺思想、哲学、数学、音乐上的创新，压倒其他同学的夸夸其谈，那时，他的邻座都是维也纳最优秀的头脑。他只要花一杯牛奶咖啡的钱，就可以得到一座象牙塔。也许那时，也悄悄奠定下他将要在失去一切以后自杀的结局。

阿登博格写过：“你如果心情忧郁，不管是为了什么，去咖啡馆；深恋的情人失约，你孤独一人，形影相吊，去咖啡馆；你跋涉太多，靴子破了，去咖啡馆。你所得仅仅四百克朗，却愿意豪放地花五百，去咖啡馆；你是一个小小的官员，却总梦想着当一个名医，去咖啡馆；你觉得一切都不如所愿，去咖啡馆；你内心万念俱灰，走投无路，去咖啡馆；你仇视周围，蔑视左右的人们，却又不能缺少他们，去咖啡馆；等到再也没人信你，借贷给你的时候，还是去咖啡馆。”他的诗是写得有点够呛，让德国人看不起，但放在中央咖啡馆里，大战前夕，皇宫后街，呈现出来的，却是一派脆弱、精致和清白。那些人，当年头也不回地躲进费尔斯公爵的旧宅子里，在华丽的拱廊下守住一张淡黄色的大理石小圆桌，守住自己的生活方式。他们那时还天真，还骄傲，还穿丝绒上衣招摇，迈华尔兹的舞步走路。读报的时候，还习惯从后面的音乐和文学的消息开始，最关注的是歌剧院的新剧目预告。

现在，阿登博格已经成为一尊胸像。那胸像还放在咖啡馆里，作为纪念。只是有时，下午去演奏室内乐的艺人们也将他们放小费的篮子放在他的像前。中央咖啡馆里的咖啡不再像传说中的那么香浓，新的传说是，咖啡变淡，是因为侍者在做咖啡时偷工减料。听到那样的传说，真是不敢相信，这是侍者曾经在第一次世界大战前随身带着二十几种咖啡颜色的牌子，殷殷询问客人要哪种颜色的咖啡的咖啡馆敢做的事。当然，中央咖啡馆里再也不向客人每天提供250种欧洲报纸了。放眼望去，一桌一桌的人，都是南腔北调，手握着一本孤星自助游指南的旅游者。个个瞪大好奇的眼睛，想象着弗洛伊德，或者施尼兹勒当年在这里的样子。

或者铺开满桌子的维也纳明信片，兴致勃勃地写下：“亲爱的波拉，我正坐在中央咖啡馆的大理石圆桌前给你写信。你可能知道，这就是大战以前维也纳最著名的作家咖啡馆呀。”如今，我们是坐在他们曾经坐过的小圆桌上了，但他们都早已离开。咖啡馆与咖啡客之间的关系，是情人的关系，没有那个他，也就没有这个我。“那些先生们”没有了，咖啡馆也就变了。就算用到了他们的桌子，坐在他们坐过的地方，咖啡馆也叫原来的名字，又有什么用呢。

我也是个作家，我也处在一个巨变的时代。世事如同一张在平底锅里的薄煎饼，翻过去，又翻过来。与维也纳无尽的萧条不同，我的上海是无尽的物质，以及对物质各种各样的饥渴。我想念当年那些在烟雾和咖啡香中交谈的人们。抱着对象牙之塔的悼念，我来这里喝寡淡的咖啡。如今，它就应该是寡淡的，这样才得体。

在桌上坐定了，我就去蛋糕的柜台看蛋糕。柜台里放着各种各样的蛋糕和馅饼，香喷喷的，样子也不输给皇家饼店里。都说这里的蛋糕还是从前的口味，但我并不知道什么口味最好。就在柜台前面犹豫。

我身边站了一个老太太，披着猩红的大披肩，戴沉重的大金戒指，她风雅地夹着手肘，用食指遥遥指点侍者拿蛋糕。那是块核桃蛋糕。

跟着她，我也要了一块核桃蛋糕。但不敢像她那样夹着手肘，尖尖地将手指伸出去，将无名指垂着，因为戒指太重。那是上个时代的人的风雅，他们的身体还适应于许多规则和教养，他们的心还至多向青年风格的意趣开放，茨威格小说里的维也纳女人才可以这么做，弗洛伊德的女病人才可以这么做，克里姆特的红粉知己才可以这么做。我却不能。

老太太独自坐在窗前，庄重地吃着她的蛋糕。她的白发泛着淡淡的紫色。她是否有过一次意乱神迷的爱情，她内心的性欲是否被压抑，使她噩梦连连，不得不去贝格街，她是否有过一个极能欣赏女人的男友，但他们始终没有结婚，因为他和她都怕日常生活的本相。我望着她，狂热地猜想。我知道我向往的象牙塔，已经消失了一百年，但能够看到与他们相关联的女人，也是好的。就像当年茨威格见到小姑娘时代曾经被歌德抱在膝上的老太太，心里会很安慰一样。只是时光飞逝，我们将衷心爱慕的感情附着的人，也一代代地渺小下去了。

那老太太的举止有些周正和挑剔，也许这也是中央咖啡馆时代的风尚。然后，我慢慢地想起来，她再老，也不可能有一百岁，她的外婆，才有可能经过这里。而她，断断是没有机会的。

我总是数错年代，从前在圣彼得堡，我也因为看到一个戴绿呢帽的老太太，而以为她是安娜·卡列尼娜时代的遗老，从冰天雪地的普希金广场到凶杀地礼拜堂，跟着她，打量她，追着她说话，不肯放她走。我总以为欧洲小说里里外外的人和事，都会在欧洲等着我。

结实的蛋糕，一口一口，统统都堵在我的嗓子里。

我知道自己是迟了，但没有想到竟然这样迟。

眺望着绅士街上中央咖啡馆的灯光，它让我想到开往贝格街的有轨电车，明亮的车厢里几乎空无一人，车顶横杆上吊着的扶手随着车厢的晃动而摇摆，好像失恋的人空荡荡的手掌。如今谁会晚上到中央咖啡馆去呢？旅游者晚上大都在歌剧院和金色大厅以及新鲜葡萄酒馆里消磨着，要不就是累得早早在旅馆里睡下了。老夫人们都在家里。那仍旧华丽的拱顶下，即使在营业，也是门可罗雀的吧。即使是我，也不愿意晚上去那里喝咖啡的。

我和我的朋友们经过了绅士街，又经过了鼠疫纪念碑，旧城里到处都挂着长长的、惆怅的水渍。

克劳迪亚突然停下，打开街边的一扇门，顿时，灯光、暖气和咖啡香扑了满怀：哈维卡咖啡馆到了。

站在门厅里，放眼一看，每张桌都是满的，每张桌上的人都在夸夸其谈。旧旧的地板上，横七竖八的是各种姿势的脚，舒服地伸着、缩着、交叠着，神经质的腿，正忘乎所以地索索地抖动。

哈维卡夫人正穿过桌子，向我们走过来，我在歌剧院拐角烟纸店的明信片上见过她了，她是20世纪60年代以后维也纳文人咖啡馆女主人的象征，她理所当然地穿长裙，梳髻，披着大披肩，用手肘款着，一路上，座上总有人向她点头致意，她回礼，下巴微微抬着，让我想起电影里的索菲亚皇后，但哈维卡夫人身上多了些从维也纳挑剔文人的眼光里雕刻出来的书卷气，和60年代盛行的波西米亚的不羁。

克劳迪亚常来，她像孙女一样，哈下腰来向她问好，再将我们一一介绍给她。哈维卡夫人对我们笑，一点也不吃惊，也不怠慢，领着我们在桌子和椅背之间灵活地穿过，来到一个靠墙的角落。那里猩红条子的沙发上已经坐了两个人，谈得正欢。哈维卡夫人笑着将一双手搭在那两个人的椅背上："让我来为你们介绍这些女士，你们也许可以合用这个舒服的角落。"

站着的人和坐着的人，都笑了，都觉得自己荣幸。听人说，被哈维卡夫人招呼，说明她看得上你，她看不上的人，她连理都不理的。在哈维卡咖啡馆，被哈维卡夫人亲切地招呼过，对文化人来说，最有面子。

"好啦，"她随手整理了一下衣架上挂着的外套，示意我们可以将自己的外套挂上去，"李子蛋糕还有十三分钟就可以出炉，再等十三分钟就给你们送过来。"她对坐着的两个人说。

那真是个舒服的角落，能看到大半个店堂，最合适我这样喜欢看人的外来者。我觉得是老太太特地照顾的好位置。我简直想去柜台告诉她，我怎么在从法国回来的朋友那里读到了关于她的文章，那是本漂亮的、关于咖啡馆的书，里面有她的照片，她的眼风锐利而慈悲，世故而脱俗，因为阅文人多矣。我如何希望能在咖啡馆里写一本书，像当年阿登博格在中央咖啡馆做过的那样。虽然我不是个可以与别的作家成群结队的人，但我希望自己能有茨威格中学时代在博物馆咖啡馆的幸运，在咖啡馆里听到最有见识的谈话，学到“思维的手艺”。都说哈维卡咖啡馆是战后维也纳最有名的作家咖啡馆，我想要告诉她，我对它的向往。甚至我要告诉她关于中央咖啡馆的那个下午，那个老太太。在哈维卡夫人面前，我第一次不由自主要把自己整理得更像一个作家。这老太太，看你一眼，就能勾起一个劳心者的荣誉感，难怪她的咖啡馆，能在千万家维也纳咖啡馆里，被选择成为另一个象牙塔。

这里发黄的墙壁，让人想到是哈维卡夫人的咖啡喷香的热气，作家们的烟草微臭的白烟，还有岁月共同造就的。这么有名的咖啡馆的墙，无论如何也不能是雪白的。斑斑驳驳的护壁板上挂着已经卷了边的报纸，那些报纸都已经被今天的客人翻了一整天了。外面又湿，屋里又暖又干，怎么能不卷边。我不知道这是不是当年中央咖啡馆的遗风。

我的心像电梯那样呼地震了一下，然后缓缓上升。

哈维卡咖啡馆里所有的桌子椅子，都不配套。巴洛克式的圈椅和青年风格线条醉人的咖啡椅，还有由旧SINGER缝纫机的底座改造的大理石面咖啡桌，自由自在，但舒舒服服地放在一起。这种毫无拘束的风格，与中央咖啡馆时代的讲究已不相同。经历了两次世界大战，每一次奥地利都是战败，战后，漫长的平复内心感伤的时代，文人们坐在这些拼凑起来的桌椅中，收拾起自己着重于心理现实主义的文学传统，像中央咖啡馆时代的弗洛伊德那样探究奥地利人幽深曲折的内心世界，绅士咖啡馆时代的卡夫卡那样描写维也纳小市民卑微而动人的心灵生活，像博物馆咖啡馆时代的茨威格那样做一个“心灵的猎手”，像帝国咖啡馆时代的克劳斯那样刻薄地批判主流社会。大战以后维也纳文人们最合适的环境，就是这样一间桌椅拼凑起来，宛如拼贴艺术的咖啡馆了。维也纳人的心，也是这样拼贴起来的。维也纳文人的恢复是这样漫长，要过四十年以后，充满维也纳风格的耶利内克小说才得到世界的承认。

窗外黑乎乎的，只看到雨水沾在玻璃上闪烁的光亮。屋里却暖和、干爽。天花板上盘旋着一片嗡嗡的谈话声，那是由每张桌子上的人轻声发出来的。大家的声音混在一起，怎么也听不清，只觉得无数思想、构思、话题、批评，密密麻麻地挤在天花板上。这样沉浮于头顶的声音，像烫烫地流进身体里的咖啡，将人刺激得兴奋起来。坐在健谈的朋友身边，这里的人穿着随便但浪漫，身体因为长时间坐着而显得在椅子里特别自在，好像与椅子连成一体似的。女人们都非常符合要求地长着知识分子的小乳房，深色的桌面，衬托着男人们敏感的细长手指。坐在这样的人中间，让你觉得那么安全和舒服，甚至幸运，还有物归其类的熨帖。你又怎么能不开口说些什么。不说些什么，简直就辜负了在哈维卡的深夜。

一起来的阿根廷女作家一直在说她在专制时代被关进监狱的经历，那时，青年人常常从大学突然消失，母亲们在广场聚会，开始只是为了从别人那里获得一点力量，后来就一切向政府去要自己突然消失的孩子。那时她是刚毕业的记者，到广场上去采访，回家路上就被抓起来了。

克劳迪亚说1993年她在莫斯科教德文的经历。那是俄罗斯最困难的冬天，暖气常常突然停了，食品店里常常连面包都没有，为了买到食物，要花很多时间和心思，生活很难，但人情仍旧温暖，甚至更暖，更富有俄罗斯风格的沉郁诗意。

翻译中国文学的教授说他“文化大革命”后期留学北京，在大学学唱“革命样板戏”的往事，他脸上浮着笑，好像越轨的小男孩。他热爱唱歌，到中国留学之前曾经是维也纳青年合唱团的成员。几乎在他留学北京的同时，我在上海的中学里无所事事，正如饥似渴地读英国和法国的小说，听德国和俄罗斯的音乐，与同学在课间休息的时候背诵阿尔巴尼亚电影里纳粹军官对米拉说的话：“你看外面的阳光明媚，而你却要在这里默默无闻地死去。”少年时代，多少孩子背诵过这段话，好像就是对我们说的。现在回忆起来，充满了文学气息。

在文学馆开朗读会，我和那个阿根廷作家朗读的，都是各自以动荡时代的生活为表现对象的小说片段，都因此而受到欢迎。

我们说得热火朝天，越说下去，越多地发现，在动荡的地方，无论什么原因，无论什么背景，年轻人的激愤，人性挣扎之美丽，富有象征的真实故事，命运在动荡中显现出来的清晰的轨迹，都是一样的。人与政治的搏斗，成为微小的个人在动荡大时代里与命运的搏斗。我们说着，回忆着，像参加过战斗的退役士兵那样清点旧日伤痕。那些个人生活中不平凡的经历，使我们对文学发生了兴趣。

只有那个翻译西班牙小说的人，就是小口小口地喝，也还是第一个喝完了她要的一杯热咖啡，一杯格瑞金产的葡萄酒。她有些寂寞地赔着笑脸，插不上话。她没翻译过佛朗哥时代的小说，在风平浪静的战后奥地利出生长大，她喜欢西班牙文，只是因为它的声调优美，像音乐。她有过一个西班牙的男朋友，但因为生性非常不同，很快就分手了，她对这次失败的爱情一直不能释怀，于是，从翻译西班牙小说的过程中得到安慰，也试图寻找答案。“我的原因，太小，太平常。”她耸耸自己的肩膀。

我本想安慰她的，我本来是为了自己可以刹不住车地说话，我的声音也混入在屋顶上浮动的声音而欢喜的，我说：“这有什么不好呢，你的文学世界在象牙塔里。”

这时，我突然发现，自己原来是矛盾的。我的精神生活、回忆、推动我工作的动力，使我享受到成功的作品，都紧紧地与自己所处的时代粘在一起。我的写作，不是出自探索和表达精神世界的需求，而是出自表达被时代造就的生活和人类命运的需求。我们桌上差不多每个人，都紧紧与自己被政治左右的生活粘在一起，像一锅烧煳了的米饭，不可收拾地紧紧与锅底粘在一起。一旦被强行铲起，便会溃不成形。除了西班牙小说的翻译，她正小口抿着她的第二杯葡萄酒，我们都是被自己所处的时代深深吸引的人。我和那个阿根廷作家的谈话最受欢迎，因为我们经历了动荡，张口就是现成的故事。我上中文系，准备成为一个作家的时候，曾对我的同学说："在中国当作家有什么不好？作家可以不害怕生活中的任何打击。生活就算糟透了，你还可以这样想，假装我是在为写小说体验生活好了。别的行当的人能这么抽象出来想吗？他们不能。"我曾为我这样的想法沾沾自喜。

"是的，我的文学世界是安静而且纯粹的。"她承认道，她虽然有些寂寞，但并不真正自卑。

她有一头红色的鬈发，剪成克劳佩特拉的式样。她从来不笔直地看着人，她的眼光总是飘忽的，闪烁的，好像是害羞，又好像是心里藏着什么灼人的秘密。她让我想起耶利内克的小说。她握着酒杯的手指上布满了细小的皱纹，是沉湎于自省，又惯于挑剔他人的人的手指。

从她的肩上越过，能看到在柜台前的角落，小桌子上，哈维卡夫人正在算账，她将一小条一小条账单用手捋平了，按照长短不同排好，记在一个大本子上，然后将它们夹好。她脸上有种从艰难年代过来的人算账时的庄重表情。那不是对待作家时的轻松与挑剔，而是女主人掌控财务时的认真与小心。她埋在台灯黄色光线里的脸，那种变化了的表情，让我想到人们对作家的表情。当你介绍自己说，我是一个作家，对面的人常常脸上突然一亮，盯你一眼，似笑非笑的，那样的表情让你觉得格格不入。而哈维卡夫人的表情，在门厅里，我回想着，让我觉得有些惴惴，又有些兴奋，好像自己是个古董，随着叫到的号码，被展示在拍卖台上。哈维卡夫人伏在大本子上，写着她的账目，她似乎连眼镜都没用。

“我其实一直向往不为记录时代而写作，但有时又觉得这样的写作太隔膜。”我说。

“我觉得，文学要是只指向心灵需要的话，也许会有更多乐趣吧。”她将酒放在舌间卷着。

“人的心灵在突变的生活中不得不受到影响。那种冲突带来戏剧性，拿来就可以用于写作。”我说，“我的生活中充满了这样的故事，它们排着队，等待着将它们显现在纸上，引起共鸣。我最得到读者共鸣的书，都是这样的故事。”

“但是，它们与文学，有微妙的区别。如同带苏打的饮料与不带苏打的饮料。我想，那种不看世界的世界观，是想要从古典的现实主义创作传统中逃出去，还不仅仅是想从现实中逃开。或者说，根本就与现实无关。”我接着说。

“也许那根本就是一个指向内心的时代，上个世纪的画家们、作家们、心理学家们、哲学家们、艺术家们，行行当当都对内心世界着了迷。他们过的太平日子太久了。而我们现在根本不是时候。”我又说，听上去仿佛一个借口。我为什么想要找借口呢?

“我不知道。”她再次耸了耸肩，在葡萄酒的作用下，她的脸颊红了，更加心不在焉了。她为什么就可以心不在焉呢?

咖啡馆里弥漫着一阵微酸的温暖芳香，是李子蛋糕出炉了。一盘一盘淡黄色嵌着烤熟李子的蛋糕被端上了桌，店堂里有一阵小小的骚动。哈维卡咖啡馆每晚李子蛋糕出炉的时间是这个晚上的高潮。哈维卡夫人每晚都亲自烤那些蛋糕。比起中央咖啡馆的蛋糕来，这里的李子蛋糕几乎是朴实无华的，但因为是老夫人亲自照料的，大家都觉得它更好吃些。有人说，吃得到哈维卡晚上的李子蛋糕，才能算是自己人。老夫人又出现在店堂里，端着小瓷碟子里热气腾腾的蛋糕，给客人送过去。这次她没给我们桌子送蛋糕，是那个唯一的服务生来给我们送的，他看上去像照片上的哈维卡先生，听说是他们的儿子。“请吧。”他简单地说了句，将手掌按在黑色的长围裙上擦了擦。老夫人正在招呼别桌的客人，她像沙龙女主人一样，不会冷落任何客人，也不会表现出与某人特别的亲近。

我发现，老夫人所到之处，大家都笑脸相迎，但没有人真正与她交谈，她也对大家说些什么，但并不是真正的交流。

穿过密密挨在一起的桌子和人，她看到了我，她对我笑了笑，向我走来。

我站起来，迎向她。

“你好，夫人。”我说，“你的咖啡馆真温暖，我喜欢你的李子蛋糕。”

“好啊，你好吗？”她看着我笑，她的眼睛和善而洞悉一切地看着我，好像认识我很久了一样。好像正等我说出什么重要的、有趣的、如一个作家总是说的那种耸人听闻的事，据此判断出我的层次。她的脸虽然已经布满了皱纹和老人的苍白，但也还保留着曾经沧海的强烈的性感，她是一个吸引人的女人。

我该说什么才是最得体的？我盘算着。

“你一定知道，你的咖啡馆即使在中国都很有名。我的一个朋友写了你的咖啡馆，第二个朋友看了他的书，来维也纳的时候特地带着他的书来看你，她回去以后，又写了她在这里的经历。他们都喜欢你。如今，是我来了。”不知所措中，我这样说。这个头，开得愚蠢，更像一个附庸风雅的旅游者，类似中央咖啡馆下午坐着写明信片的人。

“好啊。喜欢蛋糕的话，就再吃一点。”她拍了拍我的手，说。

“是的。”我答应着，我不舍得她就这么走了，她为什么不问一问千里万里之外，以喝茶著名的民族，怎么会也知道她，也喜欢她，为什么不问一问为什么弗洛伊德在我开始写作的时候那么重要，几乎左右了我对自己童年生活的所有探索，为什么不问一问我写的是什么。她其实只是在寒暄，而不是交谈。在人声鼎沸的哈维卡的深夜，她只是寒暄，意味着在她眼睛里，你并不是一个值得交谈的作家，只是一个应该照顾一下的远方来看热闹的客人。

克劳迪亚轻轻对我说：“别感觉不好，哈维卡夫人的耳朵如今已完全聋了。”

哦，是这样。

这比你不入她的法眼更让人沮丧，什么原因也没有，你就是完完全全地，束手无策地，抛弃般地，迟了。

三年以后，我再次去维也纳。一个下雨的傍晚，我再去哈维卡。六月初，却得穿一件薄羽绒外套。我有些着急，因为知道一到下雨的傍晚，便难求一个维也纳咖啡馆里的好座位了。匆匆忙忙冲进哈维卡，好在店堂里人不多，找到原先坐的那张靠窗的桌子安顿下来，什么都在原来的地方，灯光的颜色都是从前一样的。我以为我记不得它的颜色了，但这时才发现，被它昏黄而且体贴地一照，心里像推开了一扇门一样，哗的一声，从前的日子，好像一步就可以跨回去。

“要点什么？”小哈维卡先生仍旧在鼻子上架着那副松松垮垮的老花镜，脸上有些不耐烦似的。

“米朗其。”我脑子里想不起来，但嘴里自然就回应了。是的，米朗其，维也纳最地道的咖啡。一杯下去，你的心灵世界就像一只放在最好的演员手中的提线木偶，哗的一下就从沉睡和封闭的状态里站了起来，精神百倍的。那时要是没有个知己在你对面促膝而坐，就是人生最遗憾的时刻了。

然后，我看到桌边墙上密密麻麻写了不少字的地方，多出来了一行中文字：幸福就是这样。一个陌生的跑堂来送我的咖啡，顺便问要不要李子蛋糕。

我问：“老夫人呢？”按照她的时间，现在点了李子蛋糕，但还要等两个小时以上才能得到。

“她两个月以前去世了。”他说。见我吃惊地捂住嘴，他扁扁嘴，“抱歉。”

我开始喝我的咖啡，舌头上一时全都是对米朗其的回忆。我看柜台前那张桌子，原先坐在这张桌子上，能看到老夫人在那张桌子上算账的情形。我回过头来看自己的内心，她死了，我怎么想？在这里，再也看不到她那洞悉一切的目光了。我看着心里的那个自己：她一口一口慢慢喝着咖啡，那么多年以后，她才不愿意在咖啡里放糖。她好像并没有太失落，是的，只有一点点不过分的嗒然若丧，更多的却是释然。

我摸出自己的笔来，在那行中文字旁边的空当里写了一行小字：是的。

2014 年 2 月出版

◆ 全书分二个章节，总览作者二十年旅行经验，向读者展示了她用自己的双脚细细丈量出的世界地图——这不仅仅是地理上的地形图，更是精神世界里，用亲历的历史地标、哲学家的课堂、文学名著描绘过的故事发生地以及艺术作品在画面和音乐中呈现过的地域气质等元素构建的心灵地形图。作者用这些为自己创造出一个奇妙新世界，并细致地描绘了它和它的哲学意义。在本书中陈丹燕探讨旅行的艺术和意义，带领大家去体会如何在旅行中获得精神上的成长，如何形成自己的旅行经验及旅行的世界观。

她对这个世界的总结是：先要观世界，方有世界观。

2014年4月出版

◆ 作者以自己深厚的文化积淀，用细腻深透的笔触，向我们展现了她游历过的世界各地有名和无名的各色咖啡馆，一座座堪称伟大的咖啡馆的渊源、一间间喷香店堂散发的情调和一位位饮客的神貌，更配有一幅幅层次丰富的图片和独具创意的细节装饰，使整本书弥漫着如咖啡般浓郁的文化醇香。在本书中，读者品味到的不仅是陈丹燕在世界各地的咖啡馆迁徙，从伊斯坦布尔最老的君子们咖啡馆，到巴黎最早的咖啡馆，再到威尼斯最老的咖啡馆，从伊斯坦布尔的书香，到巴黎的革命遗风以及威尼斯贵族的颓废野心，咖啡馆更是作者观看历史地理的世界的课桌。

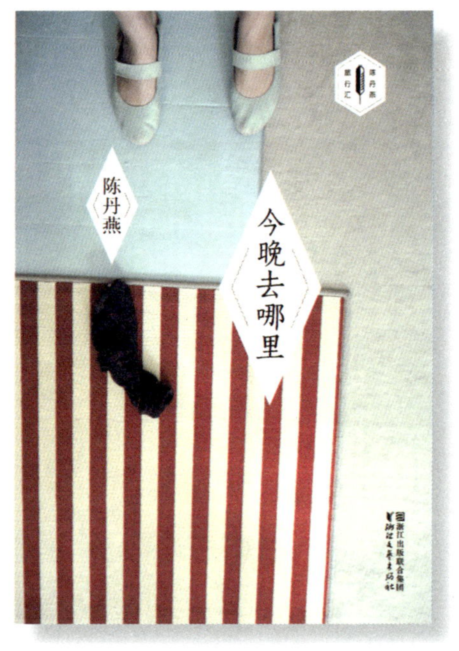

2014年10月出版

◆ 这是一本记述独自旅行的作者如何度过在异乡无数夜晚的散文集。她用小说化的技法描绘了她住过的地方。独自旅行的人，尝试着融入陌生之地——从借宿地开始。雪泥鸿爪知何似？时光流转，当作者再次回到当初游历过的地方，等待她的是老朋友的离去和新生命的降临。她甚至与二十年前看到的种在花盆里的小树苗相逢，此刻它已是一棵长到了天花板上的大树。相逢恰是异国友人为她提供的借宿小床，却也是她给漂泊他乡的读者带来的慰藉与鼓励。因此，今晚去哪里，并不是人生旅途中的彷徨无依，而是会心一笑的久别重逢。

2015 年 3 月出版

◆ 这是作家陈丹燕在世界各地旅行时用所见所想汇集成的随笔集。注重旅行中的细节，就好似手握放大镜来看世界；对细节的注目与体会，是决定你能否记住一次旅行的重要因素。一次旅行，往往是因为有了这样一些难忘的细节，才让你深深记住了彼时一段生命如何度过。书中记录的细节与照片大多已随作者经历了二十年的沉淀和思索，也是帮助作者渐渐在旅行中观察世事、了解自我、形成自己的旅行方式。在作者看来，对内部的自我和外部的他者的世界，每个人都是一点一滴地了解，生命也就是这样一点一滴地成熟，并且终于在旅途中找到一个更好的自己。

2016年1月出版

◆ 这是作者自2004年至2013年之间四次爱尔兰旅行后所记录下的旅途故事。她像回到故乡一样行走在爱尔兰的峡谷和海岸线上，感受这个值得热爱并怜惜的国家。指引她前往那些绿岛秘境的，是乔伊斯的小说，王尔德的趣味，酋长乐队的笛声，奥康纳和U2的歌声，贝克特的戈多以及叶芝在20世纪写下的诗歌……这些植根于天涯海角的凯尔特悠远而神秘的文化遗存，这些无与伦比的精神花朵，让作者触摸到了爱尔兰如井中活水般生生不息的文化根魂。作者于十年之间在大西洋中翡翠岛的旅行，是她在鲜花盛开的乡野古城的惬意漫游，更是对古老民族如何对待传统的深邃观察。

图书在版编目(CIP)数据

樱桃树下爱与弗 / 陈丹燕著. -- 杭州:浙江文艺出版社, 2016.1
(陈丹燕旅行汇)
ISBN 978-7-5339-4352-3
Ⅰ. ①樱… Ⅱ. ①陈… Ⅲ. ①随笔-作品集-中国-当代 Ⅳ. ①I267.1
中国版本图书馆CIP数据核字(2015)第281727号

樱桃树下爱与弗
作者:陈丹燕
责任编辑:周晓云
装帧设计:杨林青
印装监制:朱国范
出版:浙江文艺出版社
地址:杭州市体育场路347号
网址:www.zjwycbs.cn
经销:浙江省新华书店集团有限公司
印刷:上海中华商务联合印刷有限公司
版次:2016年1月第1版 2016年1月第1次印刷
开本:880 × 1230 1/32
字数:143千字
印张:7.125
插页:2
书号:ISBN 978-7-5339-4352-3
定价:39.00元